Copyright do texto ©2014 Zozer Santana
Copyright das ilustrações © 2014 Eduardo Moctezuma
Copyright da edição original ©2014 Grupo Rodrigo Porrúa Ediciones
Copyright da edição brasileira ©2017 Escrituras Editora

Título original: *El séptimo protector*

Todos os direitos desta edição reservados à
Escrituras Editora e Distribuidora de Livros Ltda.
Rua Maestro Callia, 123 – Vila Mariana – São Paulo – SP – 04012-100
Tel.: (11) 5904-4499 / Fax: (11) 5904-4495
escrituras@escrituras.com.br
www.escrituras.com.br

Diretor editorial: **Raimundo Gadelha**
Coordenação editorial: **Mariana Cardoso**
Assistente editorial: **Karen Suguira**
Diagramação: **Guilherme V. S. Ribeiro**
Revisão: **Cristiane Maruyama**
Tradução: **Téo Lorent**
Ilustrações de capa e miolo: **Eduardo Moctezuma**
Projeto gráfico: **Rodrigo Porrúa del Villar**
Impressão: **Mundial Gráfica**

Dados Internacionais de Catalogação na Publicação (CIP)
(Câmara Brasileira do Livro, SP, Brasil)

Santana, Zozer
     O sétimo protetor / Zozer Santana; [tradução
Téo Lorent; ilustrações Eduardo Moctezuma]. –
São Paulo: Escrituras Editora, 2017.

     Título original: El séptimo protector.
     ISBN 978-85-7531-676-4

     1. Ficção mexicana I. Moctezuma, Eduardo.
II. Título.

16-06705   CDD-863

Índices para catálogo sistemático:
1. Ficção: Literatura mexicana   863

Impresso no Brasil
Printed in Brazil

Zozer Santana

O Sétimo Protetor

Tradução: Téo Lorent
Ilustrações: Eduardo Moctezuma

São Paulo, 2017

À minha amiga, a princesa Moravia.

SUMÁRIO

Introdução		9
Capítulo 1	**O reencontro**	11
Capítulo 2	**Zirus, o Protetor**	15
Capítulo 3	**A bruxa**	21
Capítulo 4	**A reunião do Conselho Primeira parte**	27
Capítulo 5	**A reunião do Conselho Segunda parte**	33
Capítulo 6	**A profecia**	37
Capítulo 7	**Em busca do Sétimo Protetor**	47
Capítulo 8	**O trato**	53
Capítulo 9	**Ansiedade**	57
Capítulo 10	**O ataque**	61
Capítulo 11	**A mulher de vestido branco**	65
Capítulo 12	**Xozy**	77
Capítulo 13	**Serge**	85
Capítulo 14	**A amizade**	89
Capítulo 15	**O adeus**	97
Capítulo 16	**Grony**	103
Capítulo 17	**Os pântanos**	107
Capítulo 18	**Llermon**	113
Capítulo 19	**Os ulos**	119

Capítulo 20	BOLAN	125
Capítulo 21	O REENCONTRO	131
Capítulo 22	AS RUÍNAS	137
Capítulo 23	A COALIZÃO	145
Capítulo 24	O REI FREDDY XIII	153
Capítulo 25	A PRIMEIRA BATALHA	157
Capítulo 26	ADEUS A UM AMIGO	165
Capítulo 27	CHANES	171
Capítulo 28	A REVELAÇÃO	175
Capítulo 29	LETON	183
Capítulo 30	ZIRUS E LEXLIE	191
Capítulo 31	A ÚLTIMA LUA PRIMEIRA PARTE	197
Capítulo 32	A ÚLTIMA LUA SEGUNDA PARTE	205
Capítulo 33	A ÚLTIMA LUA TERCEIRA PARTE	211
Capítulo 34	A BATALHA FINAL	219
GLOSSÁRIO		243

Introdução

Acredito que seja muito importante para todos os indivíduos encontrarem ao seu redor pessoas com quem possam contar, sem titubeios ou dúvidas. Muitas vezes as pessoas buscam por aí a verdadeira honestidade e a verdadeira confiança, saem na rua, procuram nas escolas ou entre os colegas de trabalho; alguns procuram parceiros e outros, apenas encontrar alguém em quem confiar.

Mantêm-se longas discussões para se falar da amizade, da lealdade e da honestidade. Muitas pessoas se cumprimentam e se olham com receio. Alguns somente vivem e esperam que não aconteça nada de ruim ou que não sejam traídos. Muito poucos se veem diante de um espelho e se dão conta de que a lealdade, a honestidade e a verdadeira amizade começam aí; consigo mesmo, correspondendo às expectativas, sendo um bom amigo, sendo leal, honesto. Muitas vezes a verdadeira amizade está ao seu lado e pela própria falta de honestidade não se é capaz de enxergá-la.

Eu pessoalmente vivi uma vida de buscas no que diz respeito a encontrar alguém em quem confiar e encontrar uma verdadeira amizade. E se procurei, foi cruzando mares, nascentes e continentes.

Um dia, não faz muito tempo, enquanto estudava nos Estados Unidos, recebi a cópia de um bilhete escrito por uma pessoa de quem eu gostava muito e que naquela época considerava uma boa companheira. A nota estava endereçada à área de disciplina da instituição onde eu estudava e se referia a mim dizendo que eu estava envolvido em atividades contrárias aos princípios daquela instituição (o que não era muito distante da realidade).

Ela era muito dedicada ao que fazia, seguia todas as regras, era incrível em sua produção e todos, incluindo eu, a respeitávamos muito. Eu, da minha parte, naquele momento não seguia tanto assim as regras e andava fora da linha.

Fui repreendido pelo que dizia esse texto, me senti traído por ela, a questionei; porém, sem saber, minha vida daria uma reviravolta de 180 graus a partir desse momento.

O tempo passou e eu me mantive em contato com essa pessoa, sofri mais alguns "contratempos" graças a ela, mas comecei a perceber que isso ocorria com nenhuma outra intenção que não a de me ensinar qual era o caminho certo e me ajudar de verdade.

Notei que ela cuidou de mim por anos e que realmente era uma verdadeira amiga, pois não compactuava com as minhas loucuras ou delírios nem me impelia ao vício ou a desonestidade, ao invés disso me impulsionava na direção de uma verdadeira vida de honestidade, lealdade e felicidade.

Hoje a vida me sorri, hoje sei o que é amizade verdadeira e eu mesmo cuido de praticá-la diariamente com as pessoas as quais concedo minha amizade e das quais a recebo.

Esta história que escrevo a seguir foi inspirada por essa lição que aprendi de uma verdadeira amiga e, logicamente, dedico a ela.

Zozer Santana

Capítulo 1

O REENCONTRO

(Palpitações aceleradas do coração).

*C*omo poderia contar isso sem causar destruição...?

(Respiração ofegante).

Como poderia expressar o que me aconteceu sem violar as regras...?

Como poderia expressar o que sinto...?

Minhas mãos suam e sinto um nó na garganta...

Como direi isso a ela...?

Ou ela se dará conta...?

Ah não! Aí vem ela!

(Seu coração bate com mais força, o suor aumenta e ele disfarça tudo com um sorriso forçado no rosto).

Capítulo 2

ZIRUS, O PROTETOR

(SETE MESES ANTES)

Zirus estava no alto de uma montanha. Dali se avistava o vale onde se encontrava Telit, sua terra natal.

O vento batia lentamente em sua face, e sentindo o frio, sua solidão se tornava cada vez mais clara.

Zirus era um guerreiro muito habilidoso; era capaz de defender a região dos ataques de dragões, ogros, bruxas e feiticeiros malvados.

Apesar de não ser possuidor de magia, tinha alguns dons que o ajudavam a cumprir com sua missão.

Um deles era o da impenetrabilidade da sua mente, pois nem os melhores feiticeiros, bruxas ou duendes conseguiam penetrá-la e ler seu pensamento.

Foi treinado desde menino em uma antiga arte secreta de defesa pessoal e de luta que o dotava[1] de reflexos instantâneos,

---

1 Dotar: equipar, prover a uma pessoa ou coisa de alguma característica ou qualidade que a melhore.

capacitava-o para escapar de ataques mortais e lhe dava uma agilidade ao correr e se mover que poucos poderiam desafiá-lo se cruzassem seu caminho.

Treinava com sua espada no alto da montanha, fazendo movimentos de modos específicos que o mantinham ligeiro e pronto para agir.

Todas as tardes, subia nesse monte para praticar, afogar-se em sua solidão e se preencher do espaço e da energia da vida ao seu redor.

Seu único companheiro e amigo era um unicórnio negro com os olhos verdes, tão forte quanto um mustangue[2]. Zirus o chamava Cirón, que significa "minha sombra".

Zirus tinha o cabelo negro, quebradiço e abaixo dos ombros. Seus olhos eram cor de café escuro, quase negro, mas de olhar muito penetrante. Seu nariz era arredondado e seus lábios, carnudos.

Apesar de ser originário das regiões altas, não tinha muito pelo no corpo nem no rosto, suas costas eram largas e cada músculo se desenhava em seu corpo, o qual já estava acostumado ao frio e se mantinha morno a maior parte do tempo.

A região que ele protegia, Telit, era habitada por humanos alegres e trabalhadores e pertencia a um conjunto de povos, Latímia, que se estendia até o sul daquela massa continental.

Os hábitos desses povos eram simples; gostavam de dançar, preparavam diversas iguarias, valorizavam a família e eram muito talentosos nas artes.

---

2 Mustangue: cavalo ou unicórnio selvagem que vive nas pradarias, normalmente se caracteriza por serem mais robustos e fortes e por terem uma pelagem maior desde a parte inferior das patas do joelho até os cascos.

O Sétimo Protetor

Ao longo dos séculos, esses povos foram oprimidos, acossados[3] e às vezes escravizados por outras raças do norte e de outros continentes. As terras desses povos eram ricas em ouro, prata, pedras preciosas, madeiras e campos férteis. Contudo, a opressão[4] constante fez das terras um lugar de pobreza e sofrimento de tal modo que seus habitantes compensavam com suas canções e bailes.

Esses povos eram conhecidos como os latímios.

Devido a uma escassez de seres mágicos que os ajudaram na defesa dos ataques constantes há muito tempo atrás, os poucos seres mágicos que restavam em Latímia criaram um Conselho com representantes de cada região. Eles treinaram se baseando em antigas escrituras, e cem haviam sido eleitos e conhecidos como "Os Protetores".

Devido aos ataques de dragões brancos, bruxas, duendes e ogros, restavam somente seis desses Protetores.

A escravidão de alguns povos que foram capturados logo após o massacre de alguns dos Protetores angustiava a Zirus, pois podia proteger apenas sua região, a que ficava mais ao norte: Telit.

Os demais Protetores se encontravam dispersos até o sul. Todos eram homens fornidos[5] e com capacidades similares às de Zirus, embora com menos esperança e menos coração.

Zirus era um sonhador e muito embora a derrota fosse iminente[6] e a chegada da escravidão dos latímios quase tão certa

---

3 Acossar: molestar, maltratar ou importunar sem trégua.
4 Opressão: imposição de obrigações e fardos abusivos àquelas pessoas sobre as quais se tenha mando ou governo. Privação das liberdades de uma pessoa ou de uma coletividade.
5 Fornido: robusto; forte.
6 Iminente: o que acontecerá em breve, especialmente um risco.

quanto à do sol ao amanhecer, ele sonhava e acreditava que conquistaria a liberdade de seus povos.

Desde garoto sentiu que tinha uma missão; quando foi eleito como Protetor, acreditou que essa era seu missão; mas em seu íntimo ainda duvidava e sentia que havia algo mais…

Capítulo 3

A bruxa

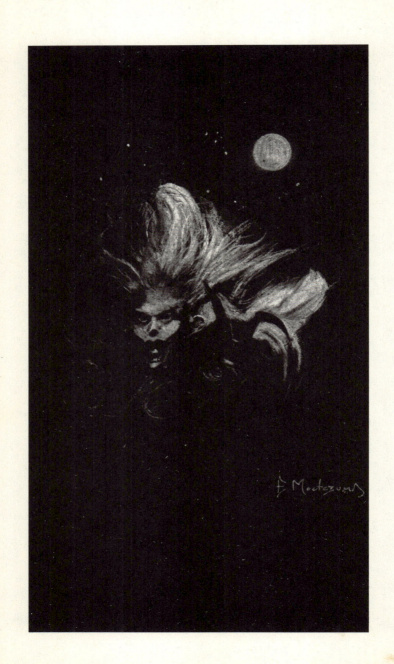

— M ais rápido, Cirón!!! Mais rápido!!!

O terreno, as árvores e as plantas estavam se petrificando[7] logo atrás de Zirus e Cirón. Ele ia a toda velocidade escapando do ataque mortal de uma bruxa que o perseguia, voando perto, com os braços e pernas semiabertos e emitindo alaridos[8] de morte tão penetrantes e agudos que seu horripilante[9] ruído fazia Zirus se sentir como morto.

A bruxa pertencia a uma seita maligna proveniente do norte do continente. A seita se chamava Sulfúria, que significa "morte em vida".

O principal feitiço dessa seita era o de extrair[10] a vida das coisas. Era tão potente que não só deixava as criaturas vivas inertes[11], como também extraia a cor dos elementos materiais.

Zirus conseguiu matar dois dragões brancos que acompanhavam a bruxa no ataque contra Telit, seu povo.

---

7 Petrificar: converter em pedra.
8 Alarido: grito forte e agudo.
9 Horripilante: que provoca pavor.
10 Extrair: tirar; arrancar; recolher.
11 Inerte: ausente de vida e de mobilidade.

Mas a bruxa o encurralou...

O caminho diante de Cirón estava acabando, à frente se via o final: um profundo barranco que pertencia ao Canhão do Ouro.

Zirus se pôs de pé sobre o lombo de Cirón enquanto segurava as rédeas e gritava:

— Vamos, Cirón, temos uma pequena chance!!! Mais rápido, mais rápido!!! — Ao mesmo tempo em que escutava no sussurro[12] do vento uma voz lânguida[13] e espectral[14].

— Suuuaaa horaa chegooouuu Protetorrr... A morteee é iminenteeee... Seuuu destinooo terminooouuu... Entregue-me sua almaaa. — Seguido de uma risada perversa[15].

— Isso é o que você pensa, bruxa do demônio!!!

Zirus deu um salto mortal para trás, Cirón girou para a direita antes de chegar ao final do caminho, evitando cair no precipício.

A bruxa não podia saber qual era o plano de Zirus, pois não podia penetrar em seus pensamentos.

Zirus girou no ar enquanto desembainhava sua afiada espada.

— Te peguei, bruxa decrépita[16]!

Cortou o ar com a espada, decidido a mutilar[17] a cabeça da bruxa; mas sua intenção encontrou apenas ar e frustração[18].

---

12 Sussurro: ruído suave que se produz ao falar em voz baixa.
13 Lânguido: decaído, sem energia.
14 Espectral: fantasmagórico e horripilante.
15 Perverso: muito mau, que causa dano intencionalmente.
16 Decrépito: de aspecto físico, capacidade de movimento e saúde muito deteriorados pela idade avançada.
17 Mutilar: cortar uma parte do corpo.
18 Frustração: fracasso em um propósito ou desejo.

Caiu no chão; olhou rapidamente ao seu redor, mas não havia nada. Reinava o silêncio, o vazio, o chão cinzento, as árvores petrificadas e o sabor da morte; mas não havia mais nada.

Zirus só escutou um sussurro com voz decrépita atrás dele:

— A morte te alcançou. — Seguido de uma risada perversa...

Capítulo 4

A reunião do Conselho

Primeira parte

B atalhões a cavalo, esquadrões de gigantescas águias vermelhas e um bando[19] de dragões azuis com seus respectivos guerreiros humanos chegaram de todas as regiões de Latímia.

Reuníam-se o Grande Conselho e os exércitos de todas as regiões. A situação em Latímia era crítica; muitos povos já haviam sido escravizados com os ataques da seita Sulfúria.

A reunião se realizava no centro exato de Latímia.

O vale rodeado de altas montanhas, no centro exato de Latímia, coincidia[20] com o equador do planeta, sendo o lugar perfeito, pois ali a magia desempenhava todo seu poder devido às qualidades magnéticas e eletromagnéticas[21] do terreno.

---

19 Bando: grupo mais ou menos numeroso de pássaros ou seres alados que sobrevoam os céus de forma organizada, formando figuras singulares e altamente chamativas; multidão, grande quantidade.

20 Coincidir: uma coisa se ajustar com outra.

21 Eletromagnético: fenômeno no qual os campos elétricos e os campos magnéticos se inter-relacionam.

Isso dava uma proteção excepcional ao coração de Latímia e a tornava praticamente inconquistável; exceto quando as três luas eclipsavam-se[22], pois o magnetismo do lugar se perdia e nesses momentos nenhuma magia funcionava em toda essa região.

Os representantes do Conselho se reuniam em muito poucas ocasiões e de fato a última reunião havia sido já há muitos anos, quando terminara o treinamento dos últimos Protetores.

A reunião deveria transcorrer de forma rápida e eficaz, uma vez que as zonas estavam desprotegidas ante os ataques de Sulfúria.

De repente se fez um silêncio...

A admiração e a calma reinaram por um momento.

O grito de um águia foi escutado nas alturas...

Os guerreiros, os sacerdotes e todos os presentes, com exceção dos membros do Conselho, se ajoelharam demonstrando reverência.

A gigantesca águia azul aterrissou. Llermon, um homem robusto, de estatura baixa, cabelo crespo[23] e pele morena apeou do lombo da águia azul num salto. Levava suas duas espadas cruzadas nas costas e usava uma armadura bem justa na qual sobressaía seu peitoral de couraça prateada com escamas de enguia marinha gigante. Caminhou com certeza e sem demora à reunião do Conselho.

Era o Protetor de um dos territórios do sul e de fato era o mais antigo dos Protetores.

Pouco depois chegaram outros quatro Protetores: Grony com um Pégaso branco, Bolan montado em um animal semelhante a

---

22 Eclipsar: ocorrer o eclipse de um astro. Em um eclipse ocorre a ocultação transitória, total ou parcial, de um astro por interposição de outro.

23 Crespo: se diz do cabelo encaracolado de forma natural.

um tigre dentes de sabre, Leton com um dragão azul e o último foi Serge, que chegou a pé porque perdera seu dragão prateado em uma batalha contra dragões brancos. Vinha mancando e seu corpo apresentava algumas cicatrizes recentes.

Os Protetores se apresentaram ante o Conselho, que estava constituído pelos poucos seres mágicos de Latímia.

Ricart, o chefe do Conselho e o mago mais antigo e poderoso de Latímia, exclamou:

— Silêncio, gente! Já que estamos reunidos e os Protetores chegaram… Um momento… Pelo que tinha entendido ainda restavam seis Protetores… Onde ele está? Como se chama…? Ah sim! Zirus.

Reinou o silêncio…

Alguns dos Protetores trocaram olhares.

Chanes, a segunda autoridade do Conselho, disse:

— Meu senhor, ao que parece Sulfúria tomou Telit, o vale do norte.

Sentiu-se um pesar inevitável, os Protetores baixaram o olhar enquanto o vento soprava e o silêncio persistia.

— Mas é impossível! Não pode ser…! — exclamou Ricart.

E pensou consigo mesmo: *Não posso ter me equivocado, agora sim estamos perdidos!*

Todos ficaram mudos.

De repente, do alto de um dos montes próximos se escutou um relincho que atraiu a atenção de todos:

Zirus e Cirón apareceram ao longe, o que trouxe alegria e tranquilidade aos presentes. Logo cavalgaram até onde todos se encontravam reunidos.

— Perdão por chegar tarde — disse Zirus. — Tive um pequeno contratempo.

Desmontou de Cirón e se aproximou dos outros Protetores.

Zirus portava uma bolsa de tecido grosso que deixou cair perto do chefe do Conselho. Dela saiu rolando a cabeça da bruxa.

— Não se preocupem com o vale do norte, Telit ainda segue livre.

Houve algumas expressões de asco e surpresa quando viram rolar pelo chão a cabeça ensanguentada da bruxa.

— Uau, caramba, Zirus! Você tem mais vidas que um dragão azul; mas isso não te dá o direito de ser insolente diante do Conselho e arrogante diante de todos — disse Chanes, a segunda autoridade do Conselho, demonstrando-se muito agressivo em seus gestos e trejeitos.

Os outros Protetores sorriram entre os dentes, mas Zirus se sentiu perturbado e algo desolado pelo comentário de Chanes.

Todos ficaram em silêncio, mas tranquilos, pois Latímia ainda poderia contar com seus seis Protetores.

Capítulo 5

A reunião do Conselho

Segunda parte

— Agora sim prossigamos, já que estamos todos aqui — disse Ricart, o chefe do Conselho. — O tempo chegou; as profecias não só se falam; também se cumprem. Latímia corre um grave perigo de desvanecer-se entre correntes e grilhões[24]; não apenas poderia perder sua liberdade senão também sua vida. A seita Sulfúria com seus grandes exércitos e sua magia negra ameaça nossa vida, nossas culturas e nossas famílias. Devemos estar preparados, devemos manter nosso coração elevado, crer em nós mesmos e em nosso direito a liberdade. Nossos Protetores são parte da resposta...

Os participantes prestaram mais atenção, exceto Chanes que levantou o olhar e olhou com desdém[25] para o céu.

Ricart continuou:

---

24 Grilhões: arco metálico que subjuga os pés de uma pessoa e simboliza a escravidão.

25 Desdém: desprezo, indiferença que beira o menosprezo.

— Há algum tempo elegemos cem jovens, selecionados entre milhões por suas qualidades especiais. Eles foram treinados na arte de combate do Livro dos Sábios. Tudo isso não se deu por acaso[26]. No Livro dos Sábios as profecias são mencionadas ao final. A última profecia fala de nossos tempos, da criação dos Protetores e do destino de nossas almas. Fala da solução possível e da esperança tênue[27] que temos. A informação do Livro dos Sábios é só para certos ouvidos, como vocês bem sabem. Mas o que acabo de lhes dizer são fatos que todos vocês precisam saber. Hoje ao anoitecer, quando as três luas se eclipsarem, os Protetores se reunirão com o Conselho no templo maior para receber a informação do Livro dos Sábios e sua profecia final. O resto de vocês se reunirá para coordenar estratégias e alianças, e para distribuir as zonas de defesa. A atenção de todos vocês é vital para a coordenação de nossos planos de liberdade. Obrigado por estarem aqui! Todos nos reuniremos amanhã no mesmo horário para a coordenação final: até então.

Houve euforia[28] e regozijo entre os presentes ao final do discurso de Ricart.

Todos os presentes se reuniram em grupos e os coordenadores começaram a organizar as atividades do acampamento.

Zirus e os demais Protetores se dispersaram pelo lugar; todos ansiosos porque chegara o momento em que poderiam escutar a profecia e saber sobre a esperança para os seus povos.

---

26 Acaso: sem ordem, sem planejamento.
27 Tênue: débil, delicado, suave, com pouca intensidade ou força.
28 Euforia: sensação de intensa alegria e bem-estar.

Capítulo 6

A PROFECIA

As três luas escureceram.

Os seis Protetores e o Conselho se dirigiram ao templo maior.

O templo ia se iluminando com tochas que incendiavam à medida que Ricart entrava no templo maior. Ao fundo havia um altar com uma fogueira de fogo imperecível[29]. Aos lados do corredor principal do templo havia esculturas que eram tão antigas que nem sequer se sabia quando ou quem as fez. Representavam a jornada da vida até o infinito e explicavam a relação entre os humanos normais e os seres mágicos.

No final do corredor havia uma escultura onde duas imagens difusas[30] pareciam fundidas como em uma explosão com as mãos unidas e estendidas diagonalmente para o alto. Tinha um símbolo de infinito na parte inferior e correntes arrebentadas por todos os lados.

O significado dessa escultura era desconhecido e nem sequer o velho Ricart tinha certeza de sabê-lo.

---

29 Imperecível: que não perece; que se considera imortal e eterno.
30 Difuso: impreciso, pouco claro.

Ricart se deteve diante da caldeira de fogo imperecível, levantou os braços para o céu e proferiu palavras estranhas no idioma antigo.

O fogo se tornou azul e as chamas crepitaram a uma altura de quatro metros aproximadamente, quando as labaredas começaram a formar bem ao centro uma paisagem na penumbra escura. Ricart avançou entre o fogo pelo túnel que se formara.

Todos se mantinham em silêncio.

Os seis Protetores se encontravam em frente ao altar e os conselheiros formavam um "V" voltados para os Protetores e de costas para o altar.

Pouco depois, Ricart saiu com um enorme livro de pele, de aparência muito maltratada e com algumas de suas partes queimadas.

Todos se ajoelharam imediatamente e Ricart fez com que o livro levitasse[31] diante dele. As páginas se folhearam sozinhas até que se detiveram quase ao final do livro em algumas folhas muito danificadas, um pouco queimadas e muito maltratadas.

— Levantem-se — disse Ricart.

Todos o observaram expectantes[32].

Ricart começou a ler sem demora:

A Profecia final

Tempos de dor chegarão desenfreadamente, chuva de dragões brancos cobrirá os céus, gargalhadas de morte ensurdecerão os ouvidos humanos.

---

31 Levitar: elevar no espaço pessoas, animais ou coisas sem intervenção de agentes físicos conhecidos.

32 Expectante: que espera com curiosa ansiedade um acontecimento.

O Sétimo Protetor

Algemas nos pés de crianças e anciãos, pastos e plantas em cinzas, pedras de vida, zumbis andando.

De norte a sul, surgindo da luz, chegando das sombras os mortos-viventes seu destino cobram.

Humanos sem magia choram pela vida; inundam suas almas as lágrimas frias.

Os ventos sussurram as vozes da morte, ouvidos surdos os únicos sobreviventes.

A magia no humano surge em um lado oculto.

Para além da água em um deserto intranquilo, apenas alguns humanos terão a magia nas mãos.

Reconhecidos em suas regiões, aclamados por seus dons dando as mãos pela vida dos humanos.

Após a união das luas e a escuridão de uma centena de almas de mente impenetrável sob a união da magia presente, criarão a força, a destreza, a habilidade do antigo guerreiro, a força do aço e o valor de um dragão.

Eles protegerão seus territórios sem necessidade de magia, só com o coração, a alma e o amor por sua raça.

Não poderão ter nenhum outro amor em seu coração, não haverá ódio nem mesmo por um demônio, deverão preservar sua honestidade e sua ética, pois sua intenção poderia se curvar e seu valor se perder.

A morte e seu grito avançarão em seu caminho.

Dos cem Protetores somente seis verão as novas alvoradas[33].

---

33 Alvorada: luzes do amanhecer, princípio do dia. Começo.

*Mas só por um período, pois a escuridão da
morte cobrirá cada porto, cada pomar, cada
povo, se um Sétimo não se encontrar; pois será a
chave para a outra parte do que já existe.*

*Este Sétimo não é igual, é diferente dos demais
e não tem o que os outros têm, nem os outros são
como ele.*

Não jaz[34] no chão, não se encontra no gelo.

*Talvez em um deserto líquido com um céu
esquecido, onde a água flui com o fogo.*

Ele é o complemento, o equilíbrio.

*Não fez parte dos cem, mas por direito próprio
conquistará o seu lugar.*

Isso é só a metade.

*O resto da esperança é mais um acaso
fortuito[35] do que a verdade intuída[36],
porém, é só uma possibilidade.*

*Se no dia final, quando o calor tenha acabado,
quando a última lua tenha desaparecido,
o vento se tenha se transformado em uivo,
a esperança tenha sido derrotada, a regra,
violada, e a vida, escravizada.*

*O poder e a razão do Sétimo Protetor se
amalgamaria[37] no vento, num destino conjunto
e eterno com...*

---

34 Jazer: estar uma pessoa ou uma coisa em um lugar.
35 Fortuito: que acontece por casualidade; não programado.
36 Intuído: que se percebe clara e instantaneamente, sem necessidade de raciocínio lógico.
37 Amalgamar: mesclar e unir coisas com naturezas distintas.

O Sétimo Protetor ❧ 43

Todos voltaram a atenção para Ricart quando subitamente ele parou...

— Eu sinto muito, senhores, o restante da profecia se perdeu quando os ulos roubaram o Livro dos Sábios há muitas eras. Custou milhares de vidas e anos de guerra para o recuperarmos, mas no ataque final o livro caiu nas garras de uma labareda e foi parcialmente destruído. Foram necessárias muitas horas de trabalho para restaurá-lo, mas a última parte da profecia não se conseguiu salvar e jaz sepultada no esquecimento. O Conselho tem trabalhado arduamente, tentando decifrar a última parte da profecia e existem várias interpretações. Todas concordam que o mais importante agora, em nome do bem de Latímia, é encontrar o Sétimo Protetor. Supomos que o Sétimo Protetor deve ser um grande guerreiro, com maior habilidade que vocês. O Sétimo Protetor deve encontrar-se perto de um "deserto líquido com um céu esquecido onde a água flui com o fogo" que podem ser crateras ou vulcões com lava, areias movediças ou pântanos, inclusive. A profecia diz que ele ganhará o nome de Protetor por direito próprio, assim sendo, todos poderão reconhecê-lo caso se deparem com ele. A guerra contra Sulfúria parece perdida e essa é nossa única esperança: Encontrar o Sétimo Protetor e decifrar o final da profecia. Sulfúria conhece a profecia tão bem quanto nós e eles estão em uma perseguição implacável para encontrar e assassinar o Sétimo Protetor, e por isso esta é uma tarefa para vocês, os Protetores. Mandaremos exércitos a cada região que ainda esteja livre para protegê-la e esses exércitos serão comandados pelos seres mágicos do Conselho. Vocês, Protetores, procurarão o Sétimo Protetor em doze lugares diferentes onde ele poderia estar: cada qual para o seu lado; cada um irá a dois lugares. Lembrem-se da Profecia: o Sétimo Protetor será óbvio e saberão quem é quando o virem. Lembrem e cumpram seus deveres como Protetores. Tenham uma conduta digna e honesta, não se apaixonem, não odeiem, não sucumbam à tentação. Sulfúria está à espreita, vocês e o Sétimo Protetor são seu principal objetivo. Você, Llermon, com Ytus; você, águia gigante, irá até o sul, às areias movediças de Caracunia e aos vulcões da Raposa. Tenha cuidado, pois é região de duendes e como você bem sabe, eles estão sempre de dois lados e, embora possam parecer amistosos, seu prato favorito é a carne humana. Devido a seus dons e a sua mente impenetrável, não acho que sejam um perigo para você.

— Sim senhor — respondeu Llermon.

— Você, Bolan, com seu tigre dentes de sabre e seu imutável[38] tédio[39] pela vida, deverá ir ao oriente, a um deserto com dunas[40] tragadoras conhecido como o Langar, e ao vulcão das bruxas cegas. Com sua personalidade inalterável, também não será presa das dunas nem das bruxas.

— Assim será, senhor — respondeu Bolan.

Depois Ricart continuou:

— Leton, você e seu Dragão azul viajarão às dunas das serpentes de duas cabeças e às crateras dos demônios alados. Você tem sido sempre um profissional e um expert no combate; não vejo problemas em seu caminho.

Leton só respondeu com um sorriso de aparente satisfação.

Logo Ricart se aproximou de Grony e lhe disse:

— Grony, Grony, você parece estar com sobrepeso por ter deixado a rédea do apetite à solta, mas com seu Pégaso é a pessoa ideal para ir em busca do Sétimo Protetor nas alturas:

---

38 Imutável: de ânimo inalterável; que não pode ser mudado ou alterado.

39 Tédio: enfado de algo por ser cansativo ou demasiadamente repetitivo.

40 Duna: colina de areia que se forma nos desertos e praias através da ação do vento.

ao vulcão do antigo deus Cidu e ao vulcão dos ciclopes[41] de olho cinza. Cuidado com seu apetite e sua arrogância, ou será seu fim.

Grony só se inclinou mostrando reverência.

Ricart, ao se aproximar de Serge, ficou olhando por um momento para ele, pois seu aspecto era péssimo e sua energia vital estava muito reduzida.

Ricart sabia que não seria ele quem encontraria o Sétimo Protetor e lhe deu os lugares de menor probabilidade:

— Você, Serge, irá ao vulcão Hu. Esta é uma zona de dragões, portanto aja sabiamente. Também irá ao vale das serpentes douradas. Seu único companheiro será seu coração, dê tudo de si e boa sorte.

Serge inclinou a cabeça mostrando reverência e deu um passo atrás.

Ricart se aproximou então de Zirus e o olhou nos olhos. Zirus sustentou o olhar. Ricart fez uma pausa inundando o espaço com uma estranha sensação.

Ricart lhe disse:

— Você irá muito ao norte, muito ao norte mesmo, além das fronteiras de Latímia. Irá a um lugar florido onde a água é clara. Esse lugar está em uma península ao noroeste, onde há pântanos imensos, e um pouco mais ao sul há rios de lava incandescente. Essa é uma região de fadas e seres mágicos, formosas mulheres, amazonas bestiais, sagitários[42], bruxas e ogros. Também é território dos ulos. Você, Zirus, deve cuidar de si mesmo, de seu coração e de sua precária honestidade.

Zirus se inclinou e deu um passo atrás.

---

41 Ciclope: personagem que possui apenas um olho.
42 Sagitário: centauro; meio cavalo, meio homem armado com arco e flechas.

— Não há espaço para erros, meus Protetores, sigam o que nos indica a profecia. Não amem mais nada além de seus ideais, não odeiem nem a um demônio, mantenham sua ética e triunfaremos.

Os Protetores saíram do templo e se dirigiram aos seus acampamentos para se prepararem para a partida na manhã seguinte.

Capítulo 7

EM BUSCA DO SÉTIMO PROTETOR

Na madrugada seguinte, os diferentes exércitos se posicionaram de acordo com a direção das zonas de defesa que protegeriam. Todos sob a coordenação de um ser mágico do Conselho.

Zirus estava atando as bagagens na sela de Cirón quando uma forte presença o fez virar-se, surpreso.

— Olá, Zirus! — disse Chanes, o segundo na hierarquia do Conselho, um feiticeiro em plena maturidade, muito inteligente, mas às vezes pérfido[43]. — Vim lhe desejar sorte.

E sorriu estranhamente. Zirus se voltou e simplesmente continuou ajustando a sela de montar.

Chanes nunca o agradou muito por ter tido algumas experiências amargas com ele quando treinou sob sua tutela[44] no Conselho sendo ainda muito jovem.

---

43 Pérfido: astuto e enganador.
44 Tutela: guarda; amparo.

— Fui eleito para cuidar de sua comarca — disse Chanes. Zirus se deteve e o olhou um pouco preocupado e nervoso.

Chanes só sorria.

— Você está em boas mãos. Não se preocupe, tenho ao meu dispor o exército das águias gigantes.

Zirus se sentiu inseguro, mas comentou:

— Obrigado, eu confio no Conselho, em Ricart e em suas decisões; de forma que está tudo certo.

Zirus estava a ponto de montar em Cirón quando Chanes disse:

— Certamente, Ricart quererá ver você antes de partir.

Desceu o pé do estribo da sela e sem contestar Chanes se dirigiu à tenda de Ricart.

Ricart olhava para o rio da Serpente Adormecida que se via ao longe.

Zirus se aproximou de Ricart por trás; via apenas sua longa túnica creme e seu cabelo comprido; tinha as mãos entrelaçadas às costas e a calma reinava ao seu redor.

Era uma madrugada meio nublada e fria.

Sem se voltar para ver, Ricart começou a falar quando Zirus estava quase chegando até ele.

— Você é como esse rio: forte, implacável, nervoso e dedicado. Quando você chegou pela primeira vez ao seu treinamento, não parava de chorar, era um menininho inquieto, mas com a emoção livre. Você sempre fez o que quis e ao seu modo. No acampamento de treinamento violava cada regra estabelecida e conseguia se dar bem ou acreditava nisso, já que logo acabava sendo castigado por Patcio, nosso disciplinador. Espero que tenha aprendido a lição e compreendido que só existe um caminho e que a honestidade, a ética e o cumprimento das regras é parte desse caminho. Nunca duvidei e nunca duvidarei de suas capacidades, a única coisa que me preocupa é seu coração indomável.

Zirus escutava atento enquanto sentia que uma rara sensação invadia seu peito.

— Você vai a um lugar um tanto desconhecido para nós e não deve deixar que sua mente devaneie; deve permanecer firme em seu propósito. Pode haver muitas tentações de mulheres bonitas, comida em abundância e riquezas. Mas você deve se firmar apenas em seu objetivo.

Ricart se voltou, o olhou com olhos lacrimejados e lhe disse:

— Talvez não voltemos a nos ver, mas preparei algo para proteger você.

Tirou de sua túnica uma pena de ave que media três polegadas, era negra, de um lado tinha uma ponta dourada, e a outra ponta tinha uma estrela branca cor de marfim, além de uma linha central dourada que a atravessava de um lado ao outro.

Ricart disse:

— Esta pena pertenceu a uma ave mágica chamada ruthia; é muito rara e poderosa e te protegerá contra qualquer feitiço de bruxa ou ataque de dragão. Protegerá seu futuro, seu destino e o que mais ame. Não a utilize para o mal, não a perca, cuide dela e use-a sabiamente.

Zirus a tomou e disse a Ricart:

— Não falharei.

O sol começava a surgir entre as montanhas, Zirus se dirigiu a Cirón, montou-o de um salto e começou seu caminho para o norte; era uma estrada longa e perigosa.

Os outros cinco Protetores também seguiram suas rotas em busca do Sétimo Protetor com a esperança de salvar sua raça.

Capítulo 8

O TRATO

Viu-se um clarão que durou só um par de segundos, iluminando a quase impenetrável escuridão de um bosque de pinheiros perto de Telit, o povo de Zirus.

Uma figura alta, corcunda e magra pousou a certa distância de uma figura humana que se encontrava próxima de um pinheiro gigantesco. Ambas cobertas por túnicas com capuz.

Da túnica da figura alta e magra saiu uma mão quase esquelética com as unhas amareladas e compridas. Flexionando o dedo indicador chamou a figura humana para que se aproximasse ainda mais, a que esta se aproximou lentamente e escutou com atenção.

Com uma voz agônica a figura delgada disse:

— Humano, está tudo pronto?

A figura humana respondeu:

— Claro, sua excelência, tudo está conforme o planejado.

— Excelente, excelente! — disse a silhueta esguia se desvaneceu em seguida com um clarão, deixando em seu lugar um pequeno saco de pele que continha um pouco de ouro e umas longas varas cor de café que serviam como narcótico[45].

A figura humana ansiosamente apanhou o saco e o abriu; com desespero, tomou uma das varas e começou a mascá-la.

Em seu peito reinava um conflito de emoções misturadas: ódio, arrependimento, tristeza e alegria demente[46].

---

45 Narcótico: substância que produz artificialmente uma alteração física, mental e emocional; droga.

46 Demente: relativo a demência (loucura) ou característico dela.

Capítulo 9

ANSIEDADE

Z irus dormia junto a uma fogueira já apagada.

Estava amanhecendo, mas tudo ainda estava muito escuro.

Os olhos de Zirus se abriram de repente, seu coração começou a bater aceleradamente e o suor a descer em seu rosto.

Uma sensação de angústia correu por todo seu ser, ele estava completamente perturbado, mas sequer sabia por quê...

Capítulo 10

O ATAQUE

Reinava a escuridão mais profunda... só faltavam uns instantes para o amanhecer.

Uma tranquilidade carregada de tensão pairava sobre muitos povos; algumas semanas se passaram desde a partida dos Protetores.

Justo com o primeiro raio de luz, bandos de dragões brancos, bestas, ogros, bruxas e duendes canibais atacaram Telit, comandados por uma das bruxas mais horrendas e malévolas que já havia existido, conhecida como Santra do clã das Cuaitmas, o clã supremo de todas as bruxas, que comandava todos os outros clãs e grupos de Sulfúria. O único defeito de Santra é que, apesar de sua maldade e poderes das trevas, ela era bastante estúpida e carecia de sagacidade mental.

No entanto, nesse amanhecer, Santra dirigiu um ataque simultâneo contra dez lugares estratégicos, seis em Latímia e quatro em seus arredores.

Telit foi um dos lugares menos afortunados; os exércitos latímios que defendiam Telit, na noite anterior ao ataque, celebraram durante toda a madrugada a "paz" anunciada por Chanes e foram tomados de surpresa. Na hora do ataque, o exército defensor praticamente não representou obstáculo algum e o lugar estava totalmente sem vida.

Nas outras localidades atacadas em Latímia, apesar de se defenderem com coragem e valor, não conseguiram se livrar e sucumbiram ante os ataques de Sulfúria. Com exceção de um povo ao sul, que lutou com algo mais que coragem e honra, vencendo em uma batalha de três dias.

Ao menos nessa região, chamada Kolob, ainda se respirava liberdade.

Os frediks, um povo de seres mágicos que se encontrava a oeste de Latímia, assim como outros três povos, também foram atacados e subjugados pelos exércitos de Sulfúria comandados por Santra.

Alguns sobreviventes frediks, assim como sobreviventes de outros povos atacados, se dispersaram pelas montanhas e nas selvas, fugindo dos ataques de Sulfúria.

Santra sobrevoava Telit apreciando uma paisagem cheia de morte e carente de vida. O prazer em seu interior era pleno e seu sorriso, indelével.

Em um monte distante, caminhando lentamente, apoiado em seu cajado[47] mágico, com um sorriso estampado no rosto e levando uma bolsa de pele da qual despontavam algumas varas cor de café, Chanes partia daquele lugar.

Santra o distinguiu ao longe, mas apenas mudou de direção e voou para o norte rindo aguda e lânguidamente.

---

47 Cajado: bastão longo com a extremidade superior curva usada normalmente por magos, feiticeiros e sacerdotes, às vezes
adornado com pedras preciosas ou figuras sagradas.

Capítulo 11

A MULHER DE VESTIDO BRANCO

Zirus estava chegando a uma aldeia do extremo norte, mas ainda estava longe de seu destino.

O lugar era muito pitoresco, as coisas eram um pouco menores do que o normal: cores vivas, mercados nas ruas e seres de todo tipo. Havia uma raça de fadas, humanos, duendes, um tipo de ogros anões, belas musas[48].

Ali havia se tornado um refúgio para os povos atacados por Sulfúria.

Zirus deixara Cirón na entrada da aldeia para que, por alguns instantes, pudesse correr livremente por aí e se distrair.

Uma coisa que os unicórnios negros adoravam fazer era galopar a toda velocidade e cruzar rios. Esse era o lugar ideal para que Cirón passasse um bom momento.

Zirus caminhava por um mercado quando viu uma maçã roxa que parecia ser muito apetitosa. Um leve pensamento

---

48 Musa: mulher encantadora.

passou por sua mente quando de repente escutou uma voz muito doce às suas costas.

— Eu não faria isso.

Virou-se surpreso e viu uma mulher pequena, mas muito bonita. Seu cabelo negro azeviche[49] era cacheado, sua pele era clara, seus olhos negros eram lindos e muito expressivos, sua boca avermelhada era muito chamativa, e ainda por cima tinha um lábio superior muito bem definido, um pouco mais elevado e bem desenhado: era uma imagem muito estética.

Seu corpo era perfeitamente proporcional e muito belo, especialmente com o vestido branco que usava. Suas panturrilhas eram torneadas dos tornozelos até as coxas e contrastavam perfeitamente com sua figura curvilínea. Suas mãos eram tão belas e estéticas que superavam todo o concebível.

Apesar de ser muito bonita, o mais impactante era o espaço ao redor dela e sua personalidade franca e clara.

Ela pertencia à raça dos frediks, uma raça de seres mágicos que habitavam ao pé de uma montanha e que recentemente foi atacada e quase completamente dizimada por Sulfúria, ao que parece.

Possuíam uma magia branca muito poderosa; em uma primeira impressão pareciam humanos, mas seus pés eram um pouco diferentes; era possível reconhecê-los pela ponta do polegar, ligeiramente levantada como se estivesse olhando para o céu.

No momento em que se virou e a viu, Zirus ficou levemente chocado. Não tanto pela beleza ou pelo espaço da mulher, mas pelo comentário que ela fez, ao que ele lhe respondeu:

— Desculpe, mas a que se refere?

---

49 Azeviche: refere-se à cor negra de um carvão mineral fossilizado.

O Sétimo Protetor ❦ 69

— Claro, não acredito que eu me roubaria essa maçã roxa — disse a mulher.

— E quem você pensou que roubaria essa maçã? — retrucou Zirus chateado.

— Pois você, claro, o que acha?

— Queira me desculpar, mas está enganada!

Virou-se irritado e seguiu seu caminho escutando uma leve risada nas suas costas, olhou para trás tentando revê-la, mas já não estava.

Seguiu, introvertido, seu caminho e justificando suas reações.

— Que intrometida, eu não pensei nada disso; além do que ela não poderia saber, eu acho que ela me observou ou algo assim. Uau, que gente estranha tem por aqui!

Tomou a pena negra que levava pendurado na altura do peito e a apertou suavemente com a mão direita.

Aproximou-se de outra banca de frutas, viu outra maçã roxa por um momento; viu que o vendedor estava distraído, pensou um pouco e o chamou.

— Oi, quanto custa a maçã?

— Duas pitadas.

Zirus fez uma careta[50], pegou uma bolsa pequena e lhe deu duas pitadas (ou seja, duas moedas pequenas de cobre).

Pegou a maçã e saiu comendo-a.

Ele se sentiu um pouco perdido e ansioso durante esse dia e queria corrigir seu caminho.

---

50 Careta: movimento do rosto para expressar alguma emoção ou como provocação.

Entrou em um lugar que parecia uma taberna, com seres de todos os tipos. Uns se drogavam mascando as varas cor de café, outros comiam e alguns se embriagavam com um líquido branco extraído de algumas plantas vermelhas parecidas com cactos.

Zirus sentiu o ambiente pesado, mas isso não o incomodou. Aproximou-se de um lado do balcão do bar. Uma mulher lindíssima se aproximou pelo outro lado do balcão e se inclinou o suficiente para permitir entrever seus seios proeminentes que apareciam parcialmente pelo decote do vestido.

Os olhos de Zirus, imutáveis no início, caíram em tentação e por alguns instantes se fixaram nos seios da mulher, até que ela o interrompeu:

— Ah! Um homem de verdade. O que você quer que eu lhe sirva? — disse a mulher, demonstrando estar ardendo de desejo enquanto escaneava o corpo de Zirus com o olhar.

Zirus ficou um pouco nervoso; as loiras sempre foram seu ponto fraco.

Hesitou por um momento, mas se agarrou ao seu propósito interno e cortou o jogo numa cortada.

— Olhe, preciso chegar nesses pântanos ao norte de...

Zirus tirou um mapa de sua mochila de pele de dragão e lhe apontou o lugar.

— O que acontece é que estou um pouco confuso porque alguns dos povos já não estão mais no mesmo lugar e este povo aqui nem sequer aparece no mapa.

A mulher não prestava atenção no que ele dizia, só olhava Zirus com seus grandes olhos verdes, imaginando uma tórrida noite de paixão.

— Olha, não sei para onde você vai, mas deveria ficar aqui uma noite para descansar, comer bem e... e amanhã veja isso.

Eu posso lhe atender bem, fazer com que relaxe — disse a mulher afiando o olhar e sorrindo ao final.

Zirus, que só olhava o mapa, se deu conta de que houve um lapso de silêncio e teve uma sensação estranha, levantou o olhar e vagamente admirou a mulher, mas rapidamente retratou mais uma vez seus pensamentos, guardou o mapa e disse:

— Não, obrigado, tenho um lugar onde preciso chegar.

Tirou os olhos de cima dela se encaminhou para a saída, um pouco nervoso e perturbado.

Como estava distraído, esbarrou acidentalmente com as costas em um ogro anão que media 2,10 metros — um ogro normal media mais de três metros, mas havia uma raça de ogros cuja estatura variava entre dois metros e dois metros e meio. Normalmente eram muito mais pacíficos que os ogros comuns, exceto quando estavam drogados ou bêbados.

O ogro girou instantaneamente e com seu braço direito lançou um golpe circular para trás.

Graças aos seus reflexos instantâneos, Zirus abaixou a cabeça antes de o soco atingir sua cara. O ogro não apenas deu um golpe, como também a grande velocidade e com uma força extraordinária o outro punho já ia em direção a Zirus.

O ogro grunhiu.

Zirus viu que o punho se aproximava, segurou-o e usou a própria força do ogro para lançá-lo pelo ar até uma mesa que se encontrava no canto. O ogro bateu com força contra a parede, caiu na mesa e o impacto do golpe o deixou inconsciente.

O pessoal na taberna se consternou[51], mas o ocorrido não incomodou tanto assim e rapidamente todos retomaram o que

---

51 Consternar: preocupar, entristecer.

estavam fazendo, inclusive Zirus, que continuou rumando para fora.

Seguiu caminhando por entre as ruas desse povoado pitoresco tentando achar quem pudesse orientá-lo.

Chegou outra vez ao mercado que se encontrava no centro do povoado.

Aproximou-se de um homem que vendia peixes e produtos do mar. Em sua barraca havia todo tipo de animais marinhos que para Zirus eram estranhos, mas que nesse lugar eram comuns; havia polvos negros de duas cabeças, peixes com chifres, caudas de sereias, um tipo de lula com oito olhos, etc.

— Bom dia, meu senhor, estou um pouco perdido — disse Zirus.

O homem, que tinha um longo bigode branco e um estranho chapéu largo, só levantou um pouco os olhos enquanto quebrava com uma grande faca uma espécie de caranguejo de nove patas.

Zirus tirou o mapa de sua bolsa de pele, desdobrou-o e mostrando ao homem, disse:

— Veja, estou procurando este lugar, onde se vê os grandes pântanos.

O homem continuou sem abrir a boca e subitamente deixou o que estava fazendo, levantou a sobrancelha esquerda e respondeu a Zirus:

— Olhe, forasteiro, você quer morrer jovem? Esse lugar é amaldiçoado; é território "ulo" e nem os mais fortes e hábeis sobrevivem. — E continuou com seu trabalho.

Zirus fez uma leve careta.

— Entendo, senhor. Então, para que lado eu sigo para chegar nesse lugar?

O homem fez outra pausa, deixou de quebrar os crustáceos[52] e com a faca suja apontou para o noroeste.

— Você vê esse monte com o pico avermelhado? Não o perca de vista e siga-o. Levará você aos pântanos.

Zirus acenou agradecido com a cabeça e seguiu seu caminho, mas de repente viu uma multidão de onde saía uma voz muito harmoniosa e bonita.

Aproximou-se bisbilhotando e conseguiu ver a mulher de vestido branco e belos olhos que o criticara antes.

Surpreendeu-se ao vê-la e mais surpreso ainda ficou ao escutar o que ela fazia com sua voz, entoando uma bela canção que acompanhava com um instrumento parecido com um bandolim[53] de quatro cordas. Dois gatos estavam perto dela, um era preto com olhos verdes, e lhe chamou a atenção por parecer com Cirón, seu amigo inseparável. O outro gato era tigrado e alaranjado.

Ele a admirou por um momento e logo seguiu seu caminho.

Passou por uma pousada e decidiu comer algo antes de continuar sua viagem.

Entrou e o lugar parecia muito acolhedor. Ao entrar, seu olfato ainda detectou o delicioso cheiro de comida caseira.

Sentou-se diante de uma mesa de madeira rústica e uma formosa atendente de olhos verdes, pupilas de gato, cabelo

---

52 Crustáceo: animal marinho coberto geralmente por uma carapaça dura ou flexível, como os caranguejos e as lagostas.

53 Bandolim: instrumento de quatro pares de cordas, de corpo curvado, que se toca com palheta (pequena lâmina triangular).

liso e preto e pele branca deu as boas vindas com um toque de sensualidade.

A atenção de Zirus se ateve aos movimentos sensuais da garçonete.

Ela lhe ofereceu algo para beber, Zirus nem sequer se deu conta de sua resposta, pois seu olhar oscilava entre o corpo da garçonete e seus movimentos sutis.

— Já volto com a sua bebida, gatinho.

A garçonete se afastou, mas o olhar de Zirus se manteve fixo nas suas curvas.

Sumiu atrás do balcão e pouco depois voltou com um jarro transbordando uma bebida esverdeada que ela colocou sutilmente sobre a mesa.

Zirus sorriu para ela e pediu algo para comer, ela o olhou fixamente e lhe disse:

— Não demorarei… não sinta minha falta. — E lhe sorriu.

Pouco depois, retornou com um saboroso guisado de alguma carne semelhante à de veado, mas azul.

O prato fumegante e muito apetitoso imediatamente chamou a atenção de Zirus.

Mas ao notar isso, a atendente rapidamente agiu para recuperar a atenção de seu bonito cliente.

— Jovem, posso me sentar com você um momento? Estou entediada e não há outros clientes para atender.

Zirus não parou de comer, mas lhe dirigiu um leve sorriso, concordando amavelmente com o pedido.

Ele comia, mas não perdia de vista a atraente balconista.

Ela roçou sua perna na dele e Zirus não retirou a sua, mas permaneceu frio e tratou de se concentrar na comida enquanto os poucos pelos dos seus braços se arrepiavam, e ao escutar a voz da mulher, rapidamente levantou os olhos:

— Meu nome é Sophie — disse enquanto o encarava e sorria.

Ele continuou comendo, sem prestar muita atenção, mas começando a cogitar uma oportunidade de curtir alguns instantes de paixão.

Zirus, ao esbarrar seu braço esquerdo no jarro da bebida verde, derramou-o sobre a mesa. Sophie se levantou e se apressou em pegar um pano para limpar.

Ele olhou novamente o corpo de Sophie, mas nesse momento escutou a voz da mulher do vestido branco atrás dele:

— Não, não, não. Isso seria fatal, não acha?

Zirus virou-se irritado:

— Você outra vez! Não pode me deixar em paz? — exclamou.

— Bem, eu só disse que seria fatal ter um caso com essa mulher porque...

— Do que você está falando? — interrompeu Zirus.

— Bem, eu só... — tratou de responder a mulher.

— Você não sabe de nada, deixe-me em paz! — disse Zirus, interrompendo-a grosseiramente. Pegou algumas moedas e as jogando sobre a mesa saiu enfurecido, mas ao mesmo tempo apavorado.

Levou as mãos à cabeça e pensou:

— Não pode ser. O que está acontecendo? Ninguém pode ler meus pensamentos.

Saiu apressado do povoado e gritou:

— Cirón, Cirón!

O unicórnio apareceu de imediato, Zirus o montou e gritou:

— Vamos embora daqui, depressa!

Saíram os dois a toda velocidade para os pântanos, sem perder de vista o pico vermelho do monte que se via diante deles.

Capítulo 12

Xozy

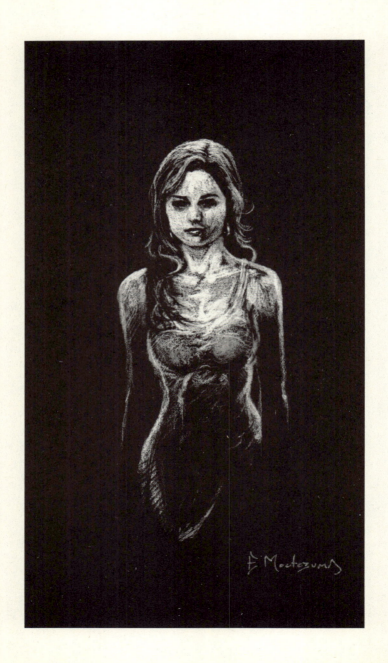

Z irus assava na fogueira algo parecido com um coelho.

Já era de noite e o ambiente estava úmido.

Ele estava a pouca distância da periferia da pitoresca aldeia onde encontrara a mulher de vestido branco.

Estava preocupado consigo mesmo; pensava que talvez estivesse perdendo suas capacidades já que aquela mulher havia penetrado em seus pensamentos.

Sentiu-se um tanto exposto e desprotegido.

Nesse momento, seu foco estava no cheiro gostoso que começava a exalar do coelho assado, mas inesperadamente algo o aturdiu. Ao longe pode se escutar uma explosão, o ambiente se enturvou, seu coração acelerou e a adrenalina[54] disparou por seu organismo. Vasculhou o lugar com os olhos em direção ao som da explosão e ouviram-se outras duas explosões, seguidas por grunhidos de dragões brancos.

---

54 Adrenalina: hormônio; substância que regula a atividade de outros órgãos e que aumenta a pressão sanguínea, o ritmo cardíaco e a quantidade de açúcar no sangue.

— Cirón, prepare-se! Estão atacando a aldeia!

Cirón relinchou e empinou por um instante, Zirus se aproximou e o montou rapidamente para voltar ao povoado o mais rápido possível.

O povoado estava sendo atacado por Sulfúria com dragões, bruxas, ogros e duendes.

Assim que Zirus chegou na aldeia, um dragão deu um sobrevoo rasante sobre ele, que se agachou e com a espada empunhada aguardou o segundo embate[55] do dragão.

O dragão atacou por trás, tentando destruir Zirus com suas garras dianteiras, mas suas unhas toparam com o aço afiado da espada, caindo inertes e separadas do resto do corpo do dragão. Um grunhido de dor retumbou ao redor.

O dolorido e enfurecido dragão os atacou novamente derrubando ambos, o que provocou lesões em Zirus e uma contusão em Cirón. Zirus se levantou imediatamente, mas Cirón permaneceu no chão.

Zirus aguardou serenamente o próximo ataque do dragão, o que não tardou muito para acontecer.

As letais labaredas de fogo azul esverdeado que saíam da boca do dragão acertaram o alvo. Zirus foi lançado longe e caiu coberto pelas chamas, permanecendo imóvel. Seus reflexos não foram suficientemente rápidos.

Abriu os olhos lentamente, percebendo logo que seu corpo estranhamente se encontrava bem. A pena de ave negra que carregava no peito estava vermelho-vivo; absorvera todo o calor e a potência do fogo, salvando sua vida.

Levantou-se em um salto e pegou sua espada que havia sido jogada a alguns metros. Correu para o dragão, que estava a

---

55 Embate: ataque violento e impetuoso.

O Sétimo Protetor 81

ponto de lançar seu ataque final. Zirus saltou sobre o dragão e o agarrou pelo pescoço.

Apesar do rebuliço[56] e dos movimentos bruscos do dragão que tentava se desvencilhar de seu agressor, Zirus trepou no pescoço do dragão e cravou a espada em sua nuca matando-o instantaneamente.

Caíram no chão estrondosamente[57], levantando muita poeira. Alguns instantes depois, Zirus saiu debaixo da nuvem de pó apontando sua espada, atento ao que viria. Ao longe pôde ver um ogro de 3,4 metros de altura grunhindo e preparando um ataque. Dois gatos arrepiados e a mulher de vestido branco estavam encurralados, pois atrás deles havia um enorme muro e não havia um lugar para onde correr.

Das mãos da mulher saiu uma luz branca que se chocou contra o peito do ogro que se aproximava dela de forma ameaçadora; seu raio de luz branca não causava efeito algum no ogro.

Zirus lançou sua espada com todas as suas forças cravando-a no meio da nuca do ogro, que caiu ao chão sem fôlego.

A mulher se surpreendeu quando viu o ogro cair, mas com certa desilusão. Surpreendeu-se ainda mais ao ver suas mãos, pois se deu conta de que sua magia não funcionava contra os ogros, coisa que ela até então não sabia.

Zirus se aproximou do corpo inerte do ogro e recuperou sua espada, retirando-a da cabeça do ogro. Segurou e puxou o punho da espada enquanto pressionava com seu pé esquerdo a cabeça do ogro. A espada produziu um som abafado ao desencravar-se daquele crânio, e pelo sulco, imediatamente brotou um jato de sangue roxo.

---

56 Rebuliço: grande atividade ou movimento constante de um lado para o outro.

57 Estrondosamente: que causa muito barulho.

O ataque terminara; os outros dragões, ogros, bruxas e duendes foram deixando um rastro de morte e desolação pelo lugar.

— Não entendo porque minha magia não funcionou com o ogro — disse a mulher de vestido branco enquanto continuava olhando desiludida para suas mãos.

— Ao menos deveria agradecer — disse Zirus enquanto limpava sua espada num pedaço da roupa do ogro morto.

— Perdão, perdão, você tem toda a razão, muito obrigada, senhor — disse complacentemente a mulher.

Zirus começou a caminhar procurando por Cirón.

— Meu nome é Xozy. E você, como se chama?

Zirus a olhou sem muito interesse.

— Chamo-me Zirus e sou um Protetor.

— Ah! E o que é isso?

— Você não sabe o que é um Protetor?

— Na verdade não, mas já vi o que pode fazer e me espanta.

— Você, o que é? — Perguntou Zirus um pouco consternado, mas mais relaxado.

— Eu pertenço aos frediks e somos... Bem, fomos um povo muito bonito — seus olhos se encheram de lágrimas. — Minha raça é uma combinação de raças, incluindo a raça humana, mas somos seres de magia branca, pacíficos, e nos dedicamos à arte; fazemos esculturas, pinturas, cantamos e atuamos.

Zirus a olhou por um instante de forma mais atenta, séria e fria. Sua atenção estava dispersa por todas as direções já que ainda não tinha avistado Cirón em nenhum canto.

— Cirón! — Gritou já meio desesperado.

O Sétimo Protetor ❦ 83

— É aquele o seu cavalo? — Perguntou Xozy apontando a oeste.

Zirus virou e sorriu instantaneamente.

— Venha aqui! — Gritou Zirus.

Cirón se aproximou com rapidez e entusiasmo.

Ao chegar, Zirus o acariciou.

— Muito bem, garoto, conseguimos outra vez, esses monstros fugiram como ratos. — E riu. Cirón, emocionado, relinchou.

Eles forjaram uma grande amizade ao longo dos anos. De fato, Cirón era o único amigo verdadeiro de Zirus. Ele cuidou de Cirón desde que era um potrinho, quando o recebeu de Ricart no acampamento de treinamento.

— Que cavalo bonito — disse Xozy.

Cirón relinchou.

Zirus a olhou um pouco ofendido.

— Não é um cavalo. É um unicórnio mustangue.

— Perdão! Seu amigo realmente é muito formoso.

Ele sorriu levemente.

Os gatos de Xozy se aproximaram e foram bem recebidos, ronronando e acariciando Cirón com seu corpo.

— Veja, um dos seus gatos também é preto com olhos verdes como Cirón, que coincidência — disse Zirus.

— Sim, se chama Bagirá e é fêmea. O gordo tigrado é Bóris e são meus fiéis companheiros — Xozy respondeu entusiasmada.

Zirus não a respondeu mais. Pôs o pé no estribo e montou em Cirón.

— Para onde você está indo, fortão? — perguntou Xozy.

— Vou para os grandes pântanos em busca de um grande guerreiro — explicou Zirus.

— Eu vou nessa mesma direção, pois me disseram que alguns sobreviventes do meu povo foram para lá e tenho a esperança de encontrar meu pai — comentou Xozy, levantando um pouco o rosto com esperança.

Zirus se incomodou com a ideia de irem juntos, pois aquela mulher lhe despertava sensações estranhas que nunca antes experimentara e que não entendia.

— Lamento, mas viajaremos sozinhos.

Pressionou os calcanhares contra Cirón e sacudiu as rédeas, mas Cirón permaneceu imóvel.

— Vamos Cirón, iah! — gritou Zirus, enquanto mantinha uma postura de avanço. Cirón apenas relinchou levemente com indiferença e permaneceu imóvel.

Xozy gargalhava, mas Zirus fez uma careta sem encará-la.

— Acho que seu amigo é mais cavalheiro que você — disse Xozy continuando a gargalhar.

Zirus suspirou e disse:

— Muito bem. Vamos então, mas eu irei montado no cavalo.

— Ótimo, vamos logo — respondeu Xozy, andando animada para os pântanos do norte.

Zirus suspirou e se pôs em marcha com Cirón, sentindo algo estranho.

Capítulo 13

SERGE

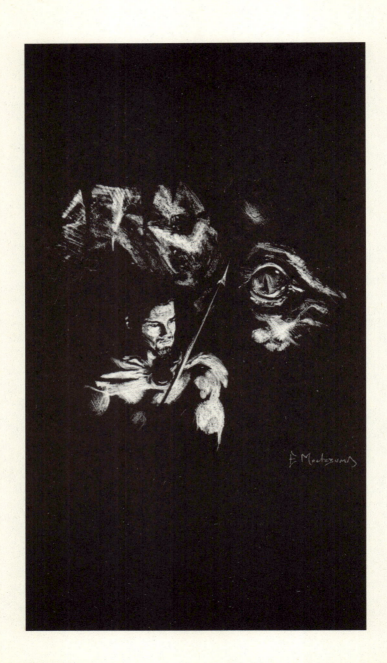

Serge estava no vulcáo Hu, finalmente havia chegado no seu primeiro destino.

Era muito inteligente e sagaz; a impenetrabilidade de sua mente era bem forte, mas sua condição física era deplorável[58].

Empunhando a espada com a máo direita e sustentando uma tocha na esquerda, avançava lentamente pelo interior de uma caverna escura e úmida.

Escutara falar de um grande caçador de dragóes da região que tinha ido a essa caverna matar um dragáo vermelho e que há dias náo regressava.

De repente seu pé se chocou contra algo metálico que se moveu pesadamente na sua frente. Abaixou a tocha para ver o que era, e para seu horror, viu uma cabeça humana carbonizada[59] com um capacete de caça-dragóes ainda fumegante.

Serge começou a suar de terror e sentiu calafrios por todo o corpo.

---

58 Deplorável: lamentável, mau.
59 Carbonizado: queimado até virar carváo.

Escutando um som atrás de si, Serge virou-se iluminando com a tocha e empunhando sua espada com mais força ainda. Apareceram uns olhos vermelhos imensos e um grunhido de ódio retumbou em toda a caverna.

O corpo de Serge se desintegrou aos poucos enquanto uma enorme e potente labareda o envolvia e tudo o que ele pôde fazer foi soltar um grito de dor e agonia.

Sua espada, que caiu ao lado com o aço em brasa, pouco a pouco foi esfriando e as chamas que ardiam em várias partes da caverna foram se apagando deixando atrás delas uma escuridão fria e impenetrável.

Essa noite foi mais escura e mais fria em toda Latímia, pois mais um Protetor morrera, e com ele, parte da esperança de liberdade.

Capítulo 14

A AMIZADE

Zirus caminhava puxando a rédea de Cirón, enquanto Xozy ia montada nele com seus dois gatos. Ela dormia caída sobre a crina de Cirón e seus braços se agarravam ao pescoço do unicórnio para não cair.

Zirus se deteve para contemplar do alto do monte a incrível paisagem que se avistava dali. Um vale inteiro quase virgem estendia-se com uma linda vegetação, dois rios cruzavam o lugar e uniam suas águas e tudo isso emoldurado por um entardecer alaranjado. A vista era tão sedutora que poderia elevar até o coração mais frio a um sentimento estético de contemplação.

Juntou um pouco de lenha seca e acendeu uma fogueira. O crepitar da madeira queimando despertou Xozy, ela se espreguiçou e disse:

— O jantar já está pronto? — Em um tom um pouco brincalhão e exigente.

Ele aparentemente a ignorou; levantou-se de perto da fogueira, onde estava sentado e saiu sem dizer nada.

Ela levantou uma sobrancelha e disse:

— Bem, eu só perguntei… — E apeou de Cirón, que relinchou suavemente.

Caminhou um pouco até que encontrou um tipo de planta nanica. Escavou a terra com as mãos e arrancou a raiz ovalada da planta que tinha uns oito centímetros de comprimento e se parecia com uma batata, porém, rósea.

Xozy colheu várias destas raízes, levou-as para a fogueira e após limpá-las e envolvê-las em uma camada de barro, as enterrou sob a fogueira.

Pouco depois Zirus retornou com coelhos de orelhas curtas, mas ela não estava ali. Ao chegar, ele sentiu um delicioso aroma parecido ao de um pão recém-assado, olhou ao redor, mas não via de onde vinha o aroma.

Pegou os coelhos de orelhas curtas que caçara, retirou a pele e as entranhas[60], os empalou[61] em gravetos com ponta em V e os colocou sobre a fogueira, girando-os sobre o fogo para que cozinhassem.

Logo Xozy regressou com um punhado de frutas multicoloridas e um tipo de avelãs chamadas torontas de sabor semelhante ao do chocolate, porém, ainda mais gostosas. Ela cantava uma linda canção e sua voz era ainda mais bela do que a melodia em si, o que criava uma sensação muito prazerosa. Zirus se fez de desinteressado, mas seus parcos pelos se arrepiaram e sentiu um tipo de alegria estranha causada pela simples presença de Xozy ao seu lado.

Ela continuou cantando enquanto colocava um pedaço de pano perto da fogueira com as frutas rodeando as torontas (que eram suas favoritas), tratando de criar um bonito arranjo.

---

60 Entranhas: cada um dos órgãos que ficam no interior dos corpos dos humanos e demais animais.

61 Empalar: enfiar em um pau.

— Esses coelhos exalam tão bem, latímio — disse Xozy com sua alegria singular. — Caramba, não sabia que os Protetores eram tão bons cozinheiros — continuou.

Zirus esboçou um leve sorriso de aprovação e respondeu:

— Ah, você sabe de onde vem esse cheiro de pão assado?

Xozy riu e disse:

— Não é nenhum pão assado, é algo melhor, mas ainda não está pronto — riu um pouco mais e seus olhos vivazes deram ao seu rosto uma expressão agradável.

Um dos gatos passou acariciando a panturrilha de Zirus e ronronando. Zirus continuou cuidando dos coelhos na fogueira, olhou para o gato com tranquilidade e disse:

— Você realmente acha que os sobreviventes do seu povo estejam nos pântanos? Dizem que os ulos, uma raça de monstros bestiais, moram lá e que nesses lugares há muito poucos habitantes. De fato, que eu saiba, nada vive ali.

Xozy mordeu os lábios e respondeu:

— Não, eu não vou aos pântanos; a oeste desses pântanos há um vale muito rico em plantas mágicas, comida e outras riquezas. Nesse vale havia uma antiga cidade onde viveram meus ancestrais[62] e é muito provável que os sobreviventes do meu povo e meu pai estejam lá.

— E o que você pensa em fazer? — perguntou Zirus.

— Bem, imagino que eles foram para se reagruparem e se prepararem para lançar um ataque contra Sulfúria. Olhe, latímio, se não se fizer algo para deter Sulfúria, nada ficará vivo neste continente! — Xozy se exaltou um pouco — Todos nós devemos nos unir e lutar!

---

62 Ancestrais: antepassados de uma pessoa ou de um grupo de pessoas.

Xozy apertou o punho direito no final da frase. Zirus não podia deixar de observá-la e disse:

— Bem, creio que tem razão e saiba que essa é minha luta também, a maioria da gente está apática e não acredita que se possa fazer algo, mas você...

— Você me disse que ia em busca de um grande guerreiro? — interrompeu Xozy.

— Isso mesmo — respondeu Zirus cortando a conversa rapidamente. Em seguida, para desviar sua atenção, comentou com satisfação — Os coelhos já estão prontos.

Pegou o maior e mais saboroso e o deu a Xozy, os gatos se entusiasmaram na hora e se aproximaram de Xozy ronronando.

Ele assoprou seu coelho e começou a devorá-lo às dentadas.

Xozy se aproximou da fogueira, moveu algumas brasas e com a ajuda de uma vara desenterrou as raízes que havia enterrado embaixo, o barro que as cobria endurecera. Ela o quebrou com uma pedra e um cheiro gostoso se alastrou. Deu uma raiz para Zirus e ficou com outra.

— Uau, parece ótimo! — disse Zirus.

Continuaram jantando e conversaram sem parar por horas a fio. Falaram de suas vidas e de suas aventuras. Zirus ria das vivências de Xozy e ela gargalhava das tiradas oportunas dele. Isso era muito raro em Zirus, pois seu único amigo verdadeiro era Cirón e na realidade nada o tinha feito rir tanto em toda sua vida quanto Xozy nessa noite.

Ao rir de um caso de Xozy, ela perguntou:

— Bem agora me conte, por que você vai procurar esse guerreiro?

Zirus deixou de rir e ficou em silêncio por um momento, Cirón relinchou suavemente e ficou nervoso.

— Bem... como você pode ver, as coisas não estão bem por essas bandas.

— Sim, mas por que ir procurá-lo...? Ah já sei, ele é a salvação!

Zirus semicerrou os olhos, intrigado, e perguntou:

— Como você sabe sobre isso?

— Bem, porque você pensou. Ou não?

— Você pode ver o que penso de verdade?

— Mas é claro, eu sou uma fredik.

— Mas ninguém pode ver o que penso, nem os melhores feiticeiros!

— Pois eu posso. — E sorriu com satisfação.

— Ah, sim? Vejamos, no que estou pensando agora?

Xozy piscou seus expressivos olhos, sorriu meio de lado e lhe disse:

— Que quer comer as últimas torontas que sobraram, mas eu ganho de você!

Xozy se pôs de pé rápido enquanto acabava de responder a última frase da provocação de Zirus. Ele se recobrou torpemente e correu atrás dela para tentar ganhá-la na corrida, mas não queria fazer uma estupidez e magoá-la.

Xozy bloqueava o caminho e, na tentativa de ultrapassá-la, suas pernas se chocaram e ambos caíram no chão e rolaram sem controle, esfolando um pouco a mão de Xozy.

Ambos riam às gargalhadas no chão, caindo muito próximos. Uma estranha sensação, até então desconhecida, tomou ambos por inteiro. Ela não conseguia parar de rir enquanto segurava a mão, mas Zirus deixou de rir bruscamente, se afastou dela, se refez e regressou para a fogueira. Xozy correu e ganhou as torontas.

Pouco depois Xozy regressou comendo-as e ao ver que Zirus parecia introvertido lhe perguntou:

— O que há, latímio, não sabe perder?

Zirus estava cabisbaixo e sorriu de leve, mas não a olhou. Pensou rapidamente em outras coisas e disse:

— Bem, é hora de dormir.

Recostou-se próximo a fogueira e continuou pensando em outras coisas; tentava dormir para não ser descoberto.

Xozy se recostou do outro lado da fogueira com Bóris e Bagirá e adormeceu um pouco retraída, mas feliz.

Ele não conseguia dormir e ficou observando a figura de Xozy do outro lado da fogueira, até que por fim adormeceu.

Capítulo 15

O ADEUS

Zirus despertou de madrugada e ficou olhando o céu iluminado por suas três luas. Olhou para onde estava Xozy para se assegurar de que continuava dormindo e continuou olhando para o céu, sem poder deixar de pensar nela.

Muitas mulheres passaram por sua vida, relações passageiras e infrutíferas nas quais jamais existiu um nível de admiração assim tão alto e puro, conhecido como amor — um sentimento proibido para um Protetor.

Nunca antes se sentira assim com alguém: o que existia entre eles dois era uma compreensão natural e inevitável e era perigosíssimo se sentir assim.

Zirus conhecia bem a lei dos Protetores e isso não poderia continuar.

Tomou sua decisão, mas seus olhos se encheram de lágrimas por um momento. Ele nunca antes havia experimentado essa sensação de perda, exceto quando sua mãe faleceu.

Lembrou-se das palavras que Ricart lhe disse antes de deixar o acampamento.

Pegou a pena negra e a apertou entre suas mãos por um momento, fechou os olhos, abriu-os e se levantou sem fazer muito barulho.

A madrugada estava fria e úmida, mas não faltava muito para o amanhecer.

Zirus aprontou Cirón e o montou. Quando tomou seu rumo para os pântanos, sua felicidade se dissipou e ele sentiu como se seu coração estivesse enrugando. Seu propósito lhe dava a força necessária para seguir, mas não atenuava sua dor.

Pouco depois, já tendo empreendido seu caminho, uma preocupação o tomou, por um instante segurou em suas mãos a pena negra que levava ao pescoço e deu a volta em Cirón, para regressar para onde estava a fogueira.

Começava a amanhecer; os animais das montanhas começavam sua atividade.

Xozy continuava adormecida, mas um estalo de folhas secas e a sensação de estar sendo observada a despertaram; abriu os olhos de repente, com a visão ainda embaçada distinguiu uma figura diante dela e ao focar percebeu que era Zirus montado em Cirón, que a olhava fixamente.

— Bom dia, amiga.

Ao seu lado havia uma manta estendida com torontas rodeadas de flores de muitos tipos e cores que Zirus trouxera.

Ela sorriu ligeiramente e se espreguiçou, enquanto brotava de sua garganta um som parecido a um chiado que a ajudou a despertar.

— Bom dia, latímio, as torontas e as flores são para mim? — perguntou.

— Não, são para seus gatos — respondeu Zirus em tom brincalhão.

— Vim me despedir — disse Zirus.

Ela deixou de sorrir e sentiu um frio que correu em seu peito. — A que você se refere? — perguntou Xozy se recompondo.

Enquanto desmontava Cirón, Zirus tratava de pensar em mil e uma coisas para encobrir seus pensamentos. E disse:

— Sim, é aqui onde se dividem nossos caminhos.

Retirou a pena negra que levava no pescoço, se aproximou de Xozy e lhe disse:

— Cuide-se muito bem, eu nunca conheci ninguém com a coragem que você leva no coração, queria que houvesse mais seres como você.

E pendurou a pena em seu pescoço.

— Esta pena tem poderes mágicos e lhe protegerá: use-a bem.

Zirus parou olhando os olhos de Xozy, que se encheram de lágrimas.

Ela tentou se aproximar para abraçá-lo, mas ele fez um movimento quase instantâneo para trás, sorriu, baixou o olhar e disse adeus. A seguir se volveu e se dirigiu a Cirón para ir embora. O sentimento que levava dentro de si não era prazeroso.

— Espera, latímio — gritou Xozy.

Ele se deteve sem virar.

— Se eu encontrar meu povo, regressarei com eles a este mesmo lugar em sete dias. Espero lhe ver aqui e tomara que você venha com o guerreiro que anda procurando para que lutemos juntos contra Sulfúria. Eu acredito que realmente temos uma chance!

Zirus não a olhou nem disse nada, mas se sentiu melhor. Sorriu ligeiramente, continuou se aproximando de Cirón e o montou. Sem voltar a vê-la tomou seu caminho para os pântanos, sem poder apartar sua mente de Xozy e sem poder apartar seu coração do sentimento proibido.

Ela ficou parada vendo Zirus se distanciar e ali ficou até que a figura de Zirus e seu unicórnio se perdessem na distância.

Ela não sabia se voltaria a vê-lo, mas se agarrou à esperança de que ocorreria um reencontro.

Capítulo 16

GRONY

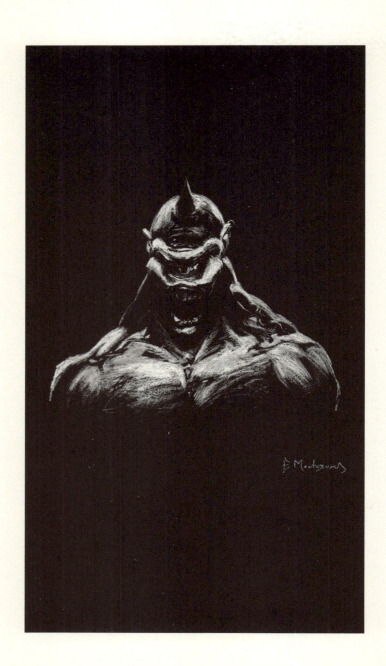

G rony havia se saído bem e derrotado Cidú, um monstro parecido com um gigantesco leão alado e muito feroz. Mas não teve a sorte de encontrar o Sétimo Protetor.

Grony estava procurando o grande guerreiro no vulcão dos ciclopes de olho cinza.

Ao aterrissar, deixara seu Pégaso num lugar que parecia seguro. Caminhou pelo bosque de árvores de troncos largos; o pôr do sol estava em seu apogeu e ainda havia luz e tempo para procurar pelo lugar.

Grony caminhava com toda sua atenção voltada ao seu entorno.

De repente escutou um estalo de folhas secas a noroeste. Desembainhou sua espada e a empunhou com ambas as mãos enquanto a adrenalina circulava em seu sangue. Sua atenção ficou ainda mais aguda.

Logo escutou outros sons estranhos ao redor e olhou em várias direções, mas não conseguiu ver nada.

Subitamente escutou um relincho de dor do seu Pégaso e correu para ele.

Escutou-se um zumbido por uma fração de segundo, seguido do golpe seco de uma marreta, e a cabeça de Grony se inclinou para trás. Com o impacto da marreta brotou sangue por todos os lados. Seu corpo caiu instantaneamente e se formou um charco de sangue na grama ao redor de sua cabeça. Seus braços e pernas estremeciam com o último espasmo[63] de vida.

Das árvores desceram vários ciclopes para ver a caça. O chefe dos ciclopes expressou sua satisfação com uma leve risada.

À noite choveu em toda Latímia — perdeu-se outro Protetor.

---

63 Espasmo: contração involuntária dos músculos.

Capítulo 17

Os pântanos

Zirus estava cavalgando a toda velocidade. Apesar de ter quase toda sua atenção no entorno e em seu destino final, parte de sua atenção ficou fixada em Xozy. Não havia uma só batida de seu coração que não levasse em seu impulso parte dela e a esperança de vê-la novamente.

Quando se aproximava de um penhasco, freou Cirón bruscamente.

Para sua surpresa, abaixo do penhasco podia se ver uma grande extensão pantanosa. Apesar de ter viajado muito, ele jamais havia visto algo semelhante.

Seu entusiasmo era incontrolável e começou a procurar um caminho costa abaixo para chegar aos pântanos. A emoção que sentia se misturava com um temor desenfreado.

Encontrou um atalho bastante escabroso[64] por onde desceu da montanha até os pântanos.

Ao chegar, começou a estudar o terreno. Tudo parecia submerso em água, mas percebeu que apenas as partes escuras

---

64 Escabroso: se aplica ao terreno que é desigual e acidentado.

eram profundas e que podia caminhar sobre as partes claras, que eram mais rasas e firmes.

Havia também uma espécie de árvores flutuantes que podiam servir como refúgio se o surpreendessem eventualmente na escuridão da noite.

Cirón se aproximou do lugar, testou com suas patas o terreno tocando-o levemente e relinchou um pouco nervoso, mas entusiasmado.

Havia algo de estranho no lugar; era um silêncio impenetrável que dava uma sensação de vazio.

O ambiente era muito úmido e com pouco vento, o que o tornava muito quente, pois as nuvens de vapor eram densas e não se elevavam, apenas flutuavam na superfície do pântano.

Zirus montou em Cirón e começaram a penetrar no terreno pantanoso.

Avançaram por várias horas e não havia nada além de pântano e mais pântano.

Iam por uma faixa de terra firme levemente afundada.

Inesperadamente, na parte profunda do pântano, a cerca de dois metros deles, escutou-se um som agudo. Cirón relinchou e empinou nas duas patas traseiras.

— Tranquilo, Cirón, tranquilo — exclamou Zirus.

Cirón se tranquilizou, ele desmontou e pegou a espada que levava nas costas, empunhando-a com a mão direita. Afinou todos seus sentidos e se pôs muito alerta. O silêncio continuou.

Cirón relinchou e caiu no chão de supetão. Quando Zirus olhou para ele, viu seu amigo sendo puxado para a parte profunda por uma espécie de tentáculo que o agarrara pelas patas.

Zirus saltou e cortou o tentáculo sem muito problema. Então liberou Cirón, que se refez rapidamente.

O Sétimo Protetor ❧   111

Os dois mantinham-se alerta, não sabiam que animal maldito ou coisa podiam estar espreitando.

Zirus fixou o olhar em uma parte profunda do pântano e conseguiu ver um gigantesco olho que se esvaiu com rapidez na profundidade. Recuou uns passos e se manteve alerta.

Inesperadamente foi ouvido um estrondo causado por uma espécie de grunhido e pelo som de água arrebentando. Do meio da água do pântano, atrás de Zirus, surgiu uma gigantesca cobra elétrica esverdeada. Tinha chifres, media uns doze metros de comprimento e tinha quase dois metros de diâmetro.

Ele girou e não podia acreditar no que seus olhos viam: era um Shilar, a besta mais temida da antiguidade. Para ele era uma lenda, pois se supunha que estava extinta há vários milênios.

As lendas diziam que a magia não funcionava com essas cobras e que eram dez vezes mais fortes e resistentes que um dragão branco (o dragão mais poderoso). Cuspiam um veneno tão letal que uma só gota podia matar cem homens.

Bastou vê-la para, apesar de sua valentia, Zirus experimentar terror; mas se manteve firme, encarando Shilar.

Correu para Cirón e pegou uma das lanças laterais da sela, empunhou-a, correu para o Shilar que serpenteava para ele e a lançou. A lança não lhe fez mossa[65]; apenas ricocheteou. A pele dessas bestas era demasiado grossa e forte para ser perfurada por uma lança ou espada.

O Shilar tentou abocanhar Zirus, mas ele saltou para a direita antes de ser preso pelas afiadas mandíbulas da cobra.

Correu em direção oposta para tentar escapar da cobra mortífera, mas ela o seguia dando rugidos. Diante dele havia um conjunto de árvores flutuantes que se moviam em sua direção.

---

65 Fazer mossa: afetar ou impressionar.

Enquanto corria, chegou a ver vários pares de olhos azulados, mas quando tentou vê-los mais nitidamente, alguma coisa de repente o golpeou na nuca. Seu corpo tombou sobre a lodosa superfície do pântano. A água turva se manchava aos poucos com a cor avermelhada do sangue de Zirus.

O grunhido do Shilar foi o último som que seus ouvidos captaram antes de sumir na inconsciência total.

Capítulo 18

LLERMON

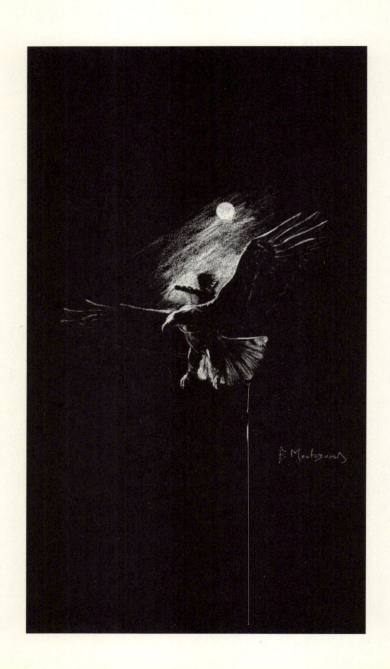

As areias movediças de Caracunia se encontravam muito ao sul da massa continental.

Essa região não era muito habitada, mas havia alguns grupos de nômades e alguns povos de duendes que comiam carne humana.

Llermon ouvira sobre um guerreiro nômade com grandes qualidades e muita fama que andava por essas bandas. Ele poderia ser o Sétimo Protetor.

O lugar era bastante selvagem com grandes árvores tropicais, cipós[66] suspensos, muita umidade, grandes predadores e coisas afins.

Apesar de ser um lugar muito perigoso, Llermon sobrevoava-o com Ytus, sua águia azul gigante.

Passaram-se muitas horas e ainda não havia encontrado nenhum povo nômade.

Sabia de constantes batalhas entre os povos nômades e os duendes canibais.

---

66 Cipó: videira ou planta trepadeira de caules longos, finos e flexíveis.

Mas ele não via vestígios de vida pelas cercanias. Ytus e Llermon ziguezagueavam entre as árvores gigantes da área enquanto checavam tudo atentamente buscando encontrar alguma coisa.

Ytus grasnou, Llermon olhou para a esquerda, notando o que podia ser a fumaça de uma fogueira e se desviaram naquela direção. Ao se aproximarem notaram[67] uma clareira que se abria entre as árvores. Ali havia uma grande fogueira recém-apagada, com ossos e sinais de algum tipo de animal, ou animais. Porém não havia mais nada.

Decidiu dirigir-se para a clareira. Sua valentia era tanta que não lhe importava o que poderia encontrar. Confiava tanto em sua habilidade que não recuava diante do perigo.

Uns trinta metros antes de tocar o chão, Ytus foi golpeado por boleadeiras[68] de borracha, unidas a um cabo, que não só o golpearam, como também se emaranharam em suas patas, fazendo-o se descontrolar e cair subitamente.

Llermon foi arremessado ao chão; graças a sua habilidade e força não sofreu grandes danos, mas Ytus estava sem se mexer no chão com os olhos apagados e uma poça de sangue ao redor de seu pescoço.

— Nããããooooo!!! — gritou Llermon enquanto corria para Ytus.

Ao chegar se deu conta de que não havia nada mais a fazer. Ajoelhou-se, segurou a cabeça de Ytus junto à sua, fechou os olhos tentando conter o ódio e a dor.

Ouviu um zumbido atrás de sua cabeça, e se agachou bem na hora em que outras boleadeiras enlaçaram-se bem na altura de sua cabeça.

---

67 Notar: dar-se conta de algo, perceber.

68 Boleadeiras: instrumento utilizado para caçar ou deter animais composto por duas ou três bolas pesadas, forradas de couro e ligadas entre si por correias.

Saltou girando no ar ao mesmo tempo em que desembainhava suas duas espadas e se protegeu atrás do corpo de Ytus. As boleadeiras prosseguiram passando como projéteis perto dele, batendo no corpo de Ytus ou passando por cima deles. Llermon se manteve agachado. Pouco depois, a chuva de boleadeiras cessou e um silêncio sepulcral pairou no lugar.

Llermon ergueu-se cuidadosamente. Não via nada, exceto as árvores ao longe; ele sabia que seria sua última batalha, mas morreria com honra.

Os duendes canibais o rodearam e lentamente foram se aproximando. Armados com pequenos punhais e machados muito afiados, os duendes canibais travaram uma dura batalha. Llermon lutou combativamente; mas o número de duendes era impressionante, arrancando a vida de um dos mais hábeis e valorosos Protetores de Latímia.

Sem dúvida uma perda muito significativa que causava um dano irreparável na esperança dos humanos.

Capítulo 19

Os ulos

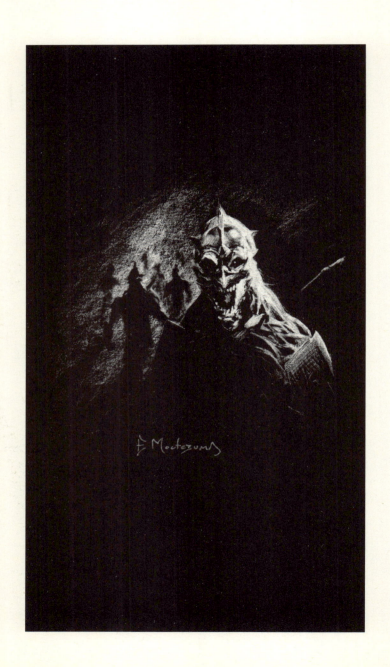

Zirus abriu os olhos lentamente; ao recuperar a consciência sentiu uma dor profunda na nuca. Notou que estava em um tipo de cama de palha e que se encontrava dentro de uma barraca bastante estranha: feita com uma espécie de pele verde.

Estava muito preocupado, sabia que neste momento e, de acordo com as estratégias traçadas antes de sua partida em busca do grande guerreiro, já deveria ter regressado com o Sétimo Protetor. Agora, a maior parte das regiões já estaria conquistada por Sulfúria, e Santra com seus exércitos deveriam estar a caminho do centro de Latímia para seu ataque final.

Recompôs-se e foi logo procurando sua espada, mas não a via em parte alguma. Aproximou-se da entrada da barraca e com a mão esquerda abriu lentamente a pele que cobria a entrada, mas a abriu só um pouco para olhar discretamente o que havia do lado de fora.

Ouvia-se o som de um tipo de gaita[69] e tambores e uns humanoides altos, esguios, de rostos alongados e testas amplas,

___
69 Gaita: instrumento musical de sopro com vários tubos unidos a uma bolsa de ar.

faziam uma espécie de ciranda ao redor de uma fogueira. Havia uma multidão de humanoides reunida para presenciar aquele ritual. Muitos desses humanoides, exceto as crianças e as mulheres, vestiam trajes encouraçados[70] que os cobriam desde os ombros até as coxas e calçavam botas que batiam nos joelhos; toda indumentária era em preto opaco. Alguns portavam um capacete que lhes cobria a metade do rosto protegendo os olhos com uma espécie de óculos que integravam o capacete.

Ele saiu lento e imperceptivelmente. Aos poucos se deu conta de que sobre a fogueira estavam assando pedaços do Shilar. Isso o surpreendeu muito e se sentiu ainda mais temeroso.

Foi então que escutou uma voz ligeiramente grave falando no idioma do norte. Ele o conhecia bem, mas a pronúncia da pessoa que estava falando agora tinha um sotaque estranho, bastante marcado, especialmente nas primeiras sílabas das palavras.

— E aí, amigo? Você foi bem corajoso ao enfrentar esse Shilar.

Zirus olhou para a direita, na direção de onde vinha a misteriosa voz. Para sua surpresa, tratava-se de um homem estranho; era alto, delgado, de rosto alongado, testa proeminente, de cabelo escuro meio grisalho, olhos azuis e com um sorriso que seria perfeito se não fosse seus dentes amarelados e descoloridos. O homem vestia o traje reforçado como todos os demais, mas não usava o capacete.

Zirus ficou nervoso, mas se tranquilizou ao perceber que o homem não estava sendo agressivo.

— Me chamo Lexlie e sou o líder e general dos ulos — estendendo-lhe a mão de forma amistosa.

— Eu me chamo Zirus e sou um dos Protetores de Latímia — respondeu enquanto apertava a mão estendida.

---

70 Encouraçado: que tem uma armadura protetora.

— Sim, ouvimos falar de vocês e sei que são bons guerreiros. Além do mais, vi seu valor ao lutar com o Shilar e você me surpreendeu — disse Lexlie.

Lexlie era muito mais alto que Zirus. Era bastante imponente, mas muito cortês e conservador em sua atitude, apesar de ser um lutador ferrenho.

Os dois se aproximaram da fogueira. Lexlie o apresentou a alguns dos outros guerreiros e à sua família, mostrou o lugar e falou sobre o segredo para se matar um Shilar. Logo se sentaram junto à fogueira, desfrutaram de um bom jantar de Shilar assado e conversaram por horas a fio.

— Sabe, Sulfúria está aniquilando o meu povo e outros povos também — disse Zirus querendo descobrir a opinião de seu ouvinte.

— É verdade, vai destruir toda a sua região — respondeu Lexlie.

— Olha Lexlie, temos lhe procurado por muito tempo, creio que você seja a chave para derrotar Santra e a sua seita maldita. A esta altura já deve haver alguns exércitos reunidos no centro de Latímia, mas isso não é suficiente, lá a magia funciona com poder extremo; exceto quando as luas se eclipsarem e ocorrer uma elipse das três luas em algumas semanas, então o lugar ficará desprotegido...

De repente, Lexlie o interrompeu. Levantou-se de perto da fogueira onde estava sentado e lhe disse:

— O que é que você está me propondo, amigo? Que eu deixe tudo para ir lutar contra esses demônios? Não, meu amigo, esse não é o meu trabalho e além disso nunca poderão chegar até aqui. Admiro e respeito você, mas essa não é minha luta.

Zirus se levantou e lhe disse:

— Acho que não entendeu. Veja, existe uma profecia e você... além disso... As bruxas não se deterão, chegarão aqui e também destruirão seu povo. Isso sem falar que temos uma oportunidade de fato! — guardou silêncio e cravou seu penetrante olhar nos olhos de Lexlie.

Lexlie suspirou, fixou o olhar nele e em seguida ao seu redor, apertou os lábios nessa noite escura e tomando Zirus pelo ombro, lhe disse:

— Não sei o que você tem, mas me inspira e veja bem, se vai existir liberdade neste continente, se saberá que os ulos lutaram por ela. Conte com meu exército para sua batalha, não somos muitos, talvez apenas alguns milhares, mas nós, os ulos, somos conhecidos como verdadeiros guerreiros e eu lutarei pela liberdade com o coração e com honra. Partiremos daqui a dois dias; darei ordens para que comecem os preparativos de imediato. — Lexlie sorriu, apertando a mão de Zirus com força e entusiasmo. Zirus sorriu com satisfação e deu a Lexlie uma palmada no ombro, demostrando sua aprovação.

Durante os dois dias seguintes, o povo ulo e Zirus trabalharam duro para poder aprontar tudo para partir.

Milhares de soldados ulos comandados por Lexlie, que era um grande guerreiro, diferente dos Protetores, mas com grande coragem e valor, se despediram de suas famílias e iniciaram a longa viagem para o centro de Latímia.

Zirus, montado em Cirón, viajava adiante. Sentia-se plenamente satisfeito, pois sabia que havia encontrado o Sétimo Protetor.

Queria se apressar, pois quatro dias já tinham se passado desde que vira Xozy pela última vez, e faltavam três dias de caminho para chegar ao ponto onde possivelmente a encontraria de novo.

Capítulo 20

BOLAN

B olan era um grande Protetor, muito seguro de si mesmo, com uma têmpera quase perfeita e sem dúvida era um dos Protetores mais eficazes na defesa de seu território.

Fora determinado a procurar o Sétimo Protetor no oriente, em um deserto com dunas movediças chamado de Langar, onde só encontrou uma insolação[71] que quase o matou.

O segundo lugar de sua busca eram as grutas que ficavam no vulcão das bruxas cegas. Era tão tenebroso que até mesmo o próprio inferno pareceria um passeio no parque se comparado com esse lugar. Ouviam-se gritos dilacerantes que possivelmente brotavam das almas de vítimas pegas por aquelas bruxas cegas que habitavam aquele espantoso lugar.

Bolan, com seu tédio natural pelo mundo que o rodeava, se manteve impassível[72], não se alterando nem por um instante ali. Seguia acompanhado de Frelur, seu tigre dentes de sabre e fiel amigo. Entraram juntos nas grutas daquele vulcão.

---

71 Insolação: transtorno ou mal-estar produzido por uma exposição prolongada aos raios solares.

72 Impassível: que não manifesta fisicamente estado de comoção emocional, especialmente através de gestos ou da voz.

Imediatamente se viram rodeados de rios de lava fumegante, odor de carne podre e pouca visibilidade, e esse era o ambiente dominante do local.

Ele estava bastante despreocupado, mas alerta, porque os gritos que se ouviam o faziam sentir-se um pouco incomodado.

Eles ficavam cada vez mais sonoros à medida que adentravam mais na gruta. A visibilidade era muito tênue, não por falta de luz, já que a lava incandescente gerava brilho resplandecente, mas pela quantidade de fumaça que emanava da lava.

Frelur passou a ficar nervoso, Bolan começou a perceber algumas presenças, mas não via nada apesar de olhar em todas as direções o tempo todo. Inesperadamente ouviu um leve sussurro perto de sua orelha direita que o fez se virar rapidamente. Quase de imediato escutou outro sussurro do lado contrário e reagiu se voltando para esse lado. Levava sua espada na mão e o terror começou a dominá-lo. Os sussurros se converteram em alaridos ao seu redor. Em um instante notou que Frelur já não estava ao seu lado e gritou por ele em desespero sem receber nenhuma resposta.

A sensação de morte começou a fazer parte de seus pensamentos. Subitamente avistou[73] próximo a ele uma figura de baixa estatura coberta com uma túnica negra esfarrapada e rasgada, alguns segundos depois apareceu outra figura ao lado direito, e logo outra do lado esquerdo. Ele olhou com horror por todos os lados e se deu conta de que estava cercado desses seres necrófagos[74] que se aproximavam pouco a pouco dele.

Bolan desferia[75] fortes golpes com sua espada em todas as direções, mas era como se existisse apenas o ar. Seu horror foi

---

73 Avistar: ver, perceber confusamente ou à distância um objeto.
74 Necrófago: ser que se alimenta de cadáveres.
75 Desferir: dirigir ou descarregar um projétil ou um golpe contra um alvo.

se convertendo em apatia e à medida que as bruxas se aproximavam mais dele, sua vida se ia consumindo. Chegou ao ponto de cobrirem por completo seu corpo e seu agonizante grito foi calado pelos alaridos agudos das famintas bruxas.

Capítulo 21

O REENCONTRO

Passaram-se vários dias desde que Zirus, Lexlie e o exército ulo haviam partido dos pântanos do norte; e sete dias desde que Zirus tinha visto Xozy pela última vez.

O exército ulo, Lexlie e Zirus acamparam, por recomendação de Zirus, exatamente no lugar onde ele acendera a fogueira e estado com Xozy.

Zirus parou ao pé do caminho por onde Xozy deveria regressar. Passava horas ali esperando que ela aparecesse, mas a noite chegou e sem que tivesse passado ainda.

A certa altura, uma luz possivelmente de uma tocha, pôde ser vista à distância. Zirus se levantou e ficou ansioso enquanto olhava com muita atenção para a luz.

De repente, seu coração começou a bater mais rapidamente. E esses pensamentos inundavam sua mente:

Como poderia contar isso sem causar destruição...?

(Respiração agitada).

Como poderia expressar o que se passou comigo sem violar as regras...?

Como poderia expressar o que sinto...?

Minhas mãos suam e sinto um nó na garganta...

Como direi isso...?

Ou ela perceberá...?

Oh, nãão!! Aí vem!!

(Seu coração bate com mais força, o suor aumenta e ele oculta a tudo com um sorriso forçado no rosto).

Zirus pôde ver que alguém de fato estava chegando com uma tocha e ele pensava que era ela, mas quando se aproximou mais se deu conta de que era somente um soldado enviado por Lexlie para reconhecer a área. Ao se conscientizar disso, seu ânimo despencou quase até a apatia.

Zirus continuou olhando na direção por onde ele tinha certeza que Xozy tinha seguido e por onde deveria regressar, mas não havia nada além de escuridão, grama, árvores e vento. Ele ficou ali, sentado em uma pedra, esperando em vão que ela aparecesse.

A angústia, a ansiedade e o desespero eram parte de seus sentimentos nesse momento. Não conseguia deixar de pensar nela desde que se viram pela última vez há sete dias, e tinha uma grande esperança de revê-la. Ficou praticamente sem comer, nem fazer nada, exceto pensar nela e esperar que aparecesse de repente.

Passaram-se sete horas e ele simplesmente continuava esperando, sentado sobre uma pedra ao lado do caminho. Dos demais, uns descansavam e outros comiam, e havia até alguns que se divertiam com um estranho jogo de tabuleiro.

Lexlie, ao notar a melancolia que Zirus sentia, se aproximou e lhe perguntou:

— O que há, amigo? Tenho visto você um pouco preocupado.

Zirus, que permanecia sentado, começou a falar:

— Sabe, Lexlie, eu esperava que nos encontrássemos aqui com uma amiga e com um exército de frediks. Ela se foi para as antigas ruínas porque supostamente lá se reagrupariam seus...

Então Lexlie o interrompeu exaltado:

— Onde você falou?

— Sim, nas antigas ruínas dos frediks em um vale a oeste — respondeu Zirus.

Lexlie disse bastante incomodado:

— Oh, meu amigo, não é que eu queira alarmar você, mas não acredito que nessas ruínas se encontre nenhum fredik. Os zoroks moram nesse lugar, uma raça de acinzentadas bestas aladas, com feições humanas e bico de ave que comem qualquer coisa que se mova. E, realmente, um dos meus homens informou que viu um assentamento de frediks ao norte daqui, lá onde florescem as rosas azuis, e caso tenham ido para lá, estou seguro de que os zoroks já acabaram com eles. Você tem certeza que sua amiga seguiu nessa direção? Não quero ser pessimista, mas...

Zirus deixou de escutá-lo e se apressou em procurar por Cirón para cavalgar para essas ruínas. Depois de montado, se aproximou de Lexlie, freou Cirón bruscamente e o perguntou:

— Como chego a essas ruínas?

— Mas, espera! Você não pensa em ir a esse lugar sozinho, certo? É perigoso demais e seria um suicídio, meu amigo — disse Lexlie bastante preocupado.

— Olha, basta que me responda, e já! — insistiu Zirus.

Lexlie suspirou e lhe disse:

— Se você seguir para o oeste, chegará nesse lugar. Não pode falhar e se você não os encontrar, estou seguro de que os zoroks encontrarão você. — E apertou os lábios um pouco frustrado.

Zirus o olhou por um momento e lhe disse:

— Grato, amigo! Olha, se eu não regressar em uns dias vá com seus homens para o coração de Latímia. Você é a esperança que vencerá Sulfúria, esperam você ansiosamente por lá. Eu vou cuidar de salvar a única coisa que me dá vida. Boa sorte! — Agitou as rédeas e se dirigiu a toda velocidade para as ruínas.

Por um instante, Lexlie parou confuso, mas pouco depois se virou e se dirigiu apressadamente para o acampamento. Estava perturbado e ansioso e não sabia bem o que fazer.

Capítulo 22

AS RUÍNAS

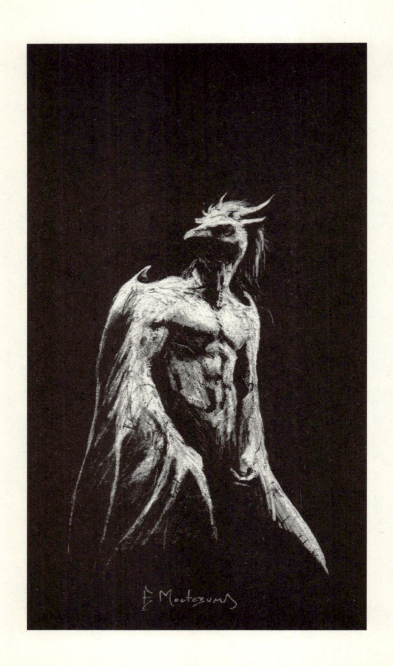

Zirus ia a toda velocidade em direção às ruínas. O caminho era muito escabroso e estava muito escuro; apenas uma lua brilhava na noite fria. Num dado momento, percebeu que alguém o seguia, diminuiu a velocidade e encontrou um lugar onde se esconder.

Ele e Cirón permaneceram em silêncio, escondidos, para surpreender quem os perseguia. O que vinha os seguindo se aproximava rapidamente de onde estavam.

O cavaleiro passou direto, a toda velocidade e Zirus e Cirón saíram atrás. Deixaram de ser a presa e se tornaram os predadores.

O cavaleiro acelerou ainda mais, mas a força e a agilidade de Cirón foram insuperáveis e a perseguição durou somente alguns minutos, pois Cirón emparelhou com o outro cavalo e Zirus saltou sobre ele, caindo no chão com o outro cavaleiro de forma barulhenta, chafurdando entre a grama e as rochas.

Apesar da enorme força daquele cavaleiro, Zirus dominou a situação sem muita dificuldade e logo estava sobre o agressor, que vestia uma couraça e um capacete impenetrável, mas tinha uma parte de seu pescoço vulnerável. Então, Zirus sacou um punhal e quando estava prestes a cravá-lo no pescoço do agressor, este gritou:

— Espera, espera, amigo, sou eu!

Zirus tirou o capacete e o reconheceu.

— Sinto muito amigo, mas eu não deixaria você sozinho nessa. Esse lugar é muito perigoso — disse Lexlie ainda com a respiração e o coração acelerados.

Zirus se afastou e se recostou por alguns instantes, recuperando o fôlego. Lexlie se levantou, sacudiu-se e foi procurar seu cavalo para verificar se estava bem.

Pouco depois, regressou e encontrou Zirus ajustando a sela de Cirón e aprontando-se para seguir sua viagem.

— Agradeço por seu companheirismo, mas esta é minha batalha pessoal. Você tem que ir para Latímia, é a sua única esperança, compreenda! — disse a Lexlie, bastante exasperado.

— Olha, amigo, você me colocou nisso, certo? Pois bem, estamos juntos nessa até o fim. Eu não sei por que você diz que eu sou a esperança, a única coisa que eu sei é que se vamos lutar, precisamos estar unidos nisso — respondeu Lexlie categoricamente.

— Além disso, estamos quase chegando. Estamos perto do lugar. Devemos ser cautelosos, pois já estamos em território zorok — continuou.

Zirus suspirou e concordou resignadamente.

Lexlie montou seu cavalo e Zirus em Cirón e continuaram seu caminho apressadamente.

Cavalgaram por várias horas. De repente, uma clareira se abriu entre a vegetação, e a luz da única lua dessa noite tornou possível um pouco de visão. Puderam ver que a uma distância de aproximadamente quinhentos metros havia um penhasco[76], e junto a ele, uma estrutura monumental com figuras esculpidas em mármore, que anunciava a entrada da antiga cidade dos frediks.

Lexlie estava achando tudo muito estranho, porque o lugar estava tranquilo demais. Conforme foram se aproximando, começaram a encontrar cadáveres carbonizados de zoroks espalhados por quase toda parte.

Chegaram ao umbral das ruínas e desmontaram para ingressar no recinto. Caminharam uns trezentos metros, mas somente encontraram ruínas que mal podiam ser vistas; mas graças à tocha que Lexlie fizera, conseguiram ver parte delas.

Ao longe era possível ver uma fogueira, e Zirus correu para ela com uma ponta de esperança.

Ao chegar não encontrou nada. Foi quando escutou uma voz atrás de ele.

— Olá, latímio.

Todo o corpo de Zirus se arrepiou, seu coração começou a bater descompassadamente e sua boca não pôde fazer outra coisa que não se abrir em um sorriso. Virou-se num ímpeto e não conseguindo se conter a abraçou com todas as suas forças.

Um fluxo de energia os cobriu e ambos experimentaram uma sensação indescritível. Os dois se separaram de forma brusca e por um instante pairou um leve sentimento de culpa.

— Pensei que nunca iria voltar a lhe ver — disse Zirus ainda emocionado.

— Sim, eu sei, mas eu sabia que não seria assim — respondeu Xozy.

---

76 Penhasco: pedra grande e elevada.

— Vim atrás de você porque me disseram que neste lugar vivem bestas — disse Zirus.

— Sim, já tive o gosto de conhecê-las — respondeu Xozy. — Tem que se ter cuidado porque estão por todas os cantos. Mas diga-me, encontrou o seu guerreiro? — continuou.

— Acredito que sim, ele até veio comigo, ficou mais atrás, perto da entrada — disse Zirus.

— Como? Lá é muito perigoso, vamos! Vocês ficam aqui — disse Xozy aos seus gatos e correu para a entrada. Zirus também saiu correndo na mesma direção seguindo os passos de Xozy.

Justo no umbral das ruínas, Lexlie e sua montaria estavam sendo atacados por dezenas de zoroks. Lexlie estava no chão com a cara sob uma das garras de um zorok. Zirus com a mão direita lançou uma pequena faca que passou raspando pela cabeça de um zorok. Ao senti-lo, largou Lexlie para atacar ao seu agressor.

O zorok conseguiu atropelar Zirus, que caiu no chão violentamente. A besta estava a ponto de desferir seu golpe final, mas justo antes de cortar a jugular de Zirus um raio incinerador atingiu o meio do corpo do horrendo agressor matando-o instantaneamente. Zirus reagiu e entre a fumaça e a escuridão viu a cara de Xozy, que se aproximou apressada dele para ver se ele estava bem.

Zirus se levantou, pegou sua espada e começou a duelar. Xozy seguiu combatendo ferozmente, tal como Lexlie. Em pouco tempo não havia nenhum zorok vivo.

Lexlie, Zirus e Xozy sentaram-se para descansar.

— Que coisa, eu não sabia que você lutava tão bem, que tinha esses poderes tão assombrosos nem tal valor. Fiquei realmente surpreso — disse Zirus para Xozy.

— Bem, vocês também lutaram com coragem e valor — respondeu Xozy.

— Mas isso já não importa agora, creio que sou a única fredik que existe — continuou.

— Eu sei onde foram parar os remanescentes do seu povo — disse Lexlie com tranquilidade.

— Sério?! — perguntou Xozy animada.

— Sério mesmo — respondeu Lexlie.

— Pois vamos então! O que estamos esperando? Avante, avante, vamos, vamos! — Xozy os ajudou a se levantarem e os guiou para as montarias.

Logo Lexlie com os gatos montados em seu cavalo e Xozy e Zirus montando em Cirón, saíram cavalgando em direção ao norte, em busca dos sobreviventes dos frediks.

Capítulo 23

A COALIZÃO

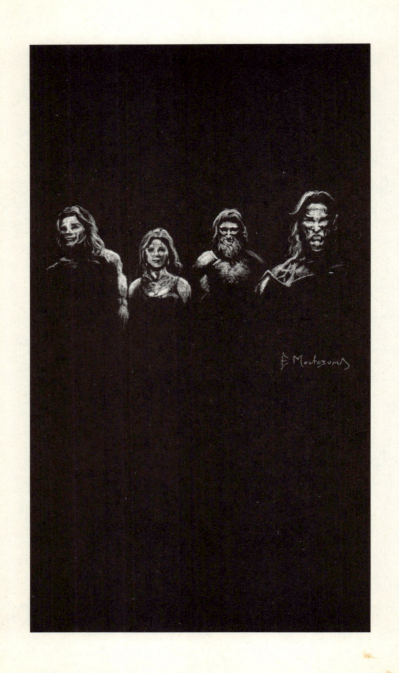

Viajaram quase dezessete horas sem parar, sem descanso e sem comer, mas o ímpeto de Xozy os levava adiante.

Zirus estava muito interessado em encontrar os frediks, porque também poderiam se tornar seus aliados. Ele sabia que precisariam de todas as mãos possíveis para vencer Sulfúria, assim isso era tão importante para Xozy como para ele.

Cruzaram um deserto árido cheio de esqueletos de dragão. Alguns suporiam que os dragões iam a esse deserto para morrer, mas provavelmente era apenas um mito, já que ninguém tinha visto um dragão ir passar seus últimos momentos naquele lugar. Talvez fossem simplesmente os rastos de uma antiga batalha entre dragões já esquecida, mas a realidade é que ninguém sabia por que todos aqueles esqueletos de dragões estavam ali naquele lugar.

De repente, ao longe eles viram um vale tão fértil quanto o paraíso se estendendo na paisagem, o que contrastava com o tenebroso deserto assim como o céu poderia contrastar com o inferno.

— Esse lugar é o oásis das musas! — gritou Lexlie entusiasmado, enquanto apontava o lugar ao cavalgar.

Xozy e Zirus se entusiasmaram muito, não apenas pela beleza do panorama, como também porque dava para ver um grande acampamento com milhares de homens que bem podiam ser os frediks. Avançaram ainda mais rápido para chegar o quanto antes.

Faltavam uns trezentos metros para chegarem quando avistaram uma bandeira ao longe. Os olhos de Xozy se encheram de lágrimas de emoção, porque as cores da bandeira, amarelo, azul e vermelho, indicavam que se tratava de um acampamento fredik.

Ao chegarem, uma comitiva de guerreiros altos, corpulentos, sem muita proteção, com capacetes dourados e capas vermelhas, os esperavam. Não se mostraram muito amigáveis de início. Xozy desceu de Cirón e imediatamente os soldados se ajoelharam e um deles saiu correndo para a barraca principal.

— Majestade, nós a considerávamos morta! Dará muito gosto ao seu pai vê-la — disse um dos soldados que permanecia ajoelhado e com o olhar abaixado em reverência enquanto falava. Ela somente assentiu com a cabeça e sorriu.

Zirus se surpreendeu ao ver esta cena e olhou para Lexlie, levantando a sobrancelha esquerda. Lexlie respondeu de maneira similar, mas fez uma careta com a boca demonstrando surpresa, porque nenhum dos dois suspeitava que sua companheira era na realidade uma princesa. Ao se dar conta disso Zirus sentiu ainda mais admiração por ela.

De repente, os soldados abriram caminho para um homem grande e corpulento, vestido como os outros, mas com algumas insígnias estranhas e uma plumagem vermelha e preta no capacete.

— Alô!!! — exclamou com uma voz grossa e retumbante.

Todos os guerreiros e Xozy exclamaram em uníssono:

— Alô, alô!!! — ao mesmo tempo em que os soldados chocavam suas espadas contra seus escudos.

Xozy correu disparou para abraçar seu pai, Freddy XIII, o rei dos frediks.

Ele a abraçou e lágrimas correram por seu rosto, pois ele acreditava que sua filha estivesse morta depois do último ataque de Sulfúria. Todos os presentes se mantiveram em silêncio absoluto e quase imóveis.

Depois do abraço, o rei Freddy observou os acompanhantes de sua filha e disse:

— Alô! Sou Freddy, rei dos frediks — e lhes estendeu a mão, a qual foi recebida com satisfação.

— Eu sou Lexlie, líder dos ulos.

O rei Freddy assentiu com gosto.

— E eu me chamo Zirus.

O rei se interessou um pouco mais e lhe disse:

— Mmmmm... Você é um dos Protetores. Ouvi falar de você. É um prazer conhecer os dois. O que os traz por estas bandas, além de me devolverem minha vida e minha felicidade?

— Viemos em busca de seres valentes que queiram lutar contra Santra e Sulfúria — disse Zirus.

— Sim, pai, vamos nos unir e derrotar a tirania! — Apoiou Xozy com seu ímpeto e coragem inerentes.

O rei ficou pensativo por um instante e logo disse:

— Veja, Protetor, neste acampamento, exceto as crianças e os anciãos, você não encontrará nada além de seres com valor e coragem. Porém, somos apenas uns poucos milhares e Sulfúria é muito mais numerosa e forte que nós.

— Meu exército com mais de cinco mil ulos está nos esperando na colina junto ao vale, para o sul — disse Lexlie.

— Majestade, Sulfúria atacará o centro de Latímia em poucos dias, já que as três luas se eclipsarão e a magia, que é sua única proteção, não surtirá efeito nesse período. Sulfúria poderá atacar a capital de Latímia e se apoderar de tudo. Estou seguro de que há ao menos dez mil guerreiros de outros exércitos latímios agrupados lá esperando a batalha final. E, além do mais, temos uma arma especial! — disse Zirus olhando com satisfação para Lexlie, que se sentiu um pouco estranho e constrangido.

O rei parou pensando por um momento. Olhou para Lexlie, para Zirus e por fim, para Xozy, que o olhava com a vivacidade que só ela tinha. Suspirou e olhou ao seu redor observando sua gente.

— Nada disso sobreviverá se não detivermos Sulfúria… Acho que temos uma coalizão, senhores, e se estas terras recuperarão sua liberdade, a história contará que os frediks ajudaram nessa conquista! — sorriu de satisfação, apertou as mãos de seus novos amigos, abraçou Zirus, depois a Lexlie e para concluir, disse:

— Muito bem, sairemos pela manhã para nos encontrar com o exército ulo; mas primeiro celebraremos esta noite a aliança pela liberdade!

Todos ficaram muito satisfeitos e se dirigiram para a barraca principal.

Xozy apresentou Zirus para sua mãe, a rainha Moravia, seus irmãos e outros membros de sua família, contudo ele não foi aceito facilmente. Na realidade, eles o rechaçaram de forma clara por não carregar a realeza em seu sangue e por nem sequer ser um fredik, mas somente um humano. Durante a festa, Zirus tentou chegar perto deles, mas do mesmo jeito foi rechaçado.

A festa continuou por um bom tempo; Zirus tentou se aproximar de Xozy várias vezes, mas parecia que todos estavam contra isso, porque toda vez que ele ficava a um passo de estar com ela, alguém a carregava para outro lugar, como se estivessem evitando que ele se aproximasse.

A festa terminou, Zirus ficou sentado ao lado de uma das fogueiras; sentia-se mentalmente esgotado e só pensava nela. Estava muito confuso, seus sentimentos colidiam com seu dever e com sua natureza, mas o que mais lhe preocupava era que ele se sentia alheio e rechaçado no mundo de Xozy, não apenas porque os costumes eram diferentes, senão pela rejeição dos próprios frediks.

A família de Xozy já tinha planos de matrimônio para ela e não queriam que ninguém se interpusesse a eles, e muito menos um humano. E ainda que somente Xozy pudesse ler os pensamentos de Zirus, alguns frediks podiam perceber que havia algo distinto entre eles.

Zirus simplesmente não podia deixar de pensar nela. Ficou praticamente sozinho, pois todos os demais descansavam para a jornada do dia seguinte.

— No que você está pensando, latímio? — perguntou Xozy, que chegara por trás.

Zirus virou quase instantaneamente, uma imediata alegria o preencheu por completo.

— Xozy… perdão, Vossa Majestade… Bem eu… mmmm… pois bem, eu estava apenas planejando as estratégias da viagem — respondeu Zirus muito nervoso.

Xozy sorriu e disse com um tom de voz um pouco mais doce:

— Posso me sentar ao seu lado?

— Certamente, Vossa Majestade — disse Zirus, chegando um pouco para o lado para lhe dar espaço.

Ela se sentou e começou a contar para ele sobre seu povo e seus costumes. Disse que já estava comprometida e que era muito difícil para ela ter um futuro que agradaria a todos menos a ela, que não queria decepcionar sua família nem seus amigos, mas que não queria viver uma vida de frustração e mentiras.

Ele a escutou e a compreendeu, dentro de sua capacidade. Não podia evitar essa atração que sentia por ela e aproximou sua perna da dela, que permaneceu em seu lugar.

Ele sugeriu que conservasse sua integridade e que usasse sua coragem e valor para lutar pelo que ela quisesse.

Ela o fitou com seus olhos escuros, o que o pôs muito nervoso, e o fez sentir algo que jamais sentira, e então lhe disse:

— Ah, latímio! Você não entende o que está me acontecendo, sinto que encontrei o que sempre sonhei, mas não posso ter porque é algo proibido. — Xozy tocou com sua mão o rosto de Zirus enquanto seu coração acelerava e aquela estranha sensação cobria seu corpo.

Zirus ficou imóvel e seu coração acelerou ainda mais; aproximou-se lentamente de Xozy e lhe disse em voz baixa e doce:

— Você sabe no que eu estou pensando, não é? — E a encarou com seus olhos penetrantes enquanto tomava sua mão.

— Claro, e desejo o mesmo, tanto quanto você — respondeu Xozy com sua voz ainda mais doce; quase sussurrando na curta distância que havia entre seus lábios.

— Não creio que seja muito correto nem cortês da sua parte, latímio Protetor, chegar em minhas terras e agir assim — escutou-se atrás deles a voz grossa e retumbante do rei Freddy.

Ao escutar isso, os dois viraram pasmos…

Capítulo 24

O REI FREDDY XIII

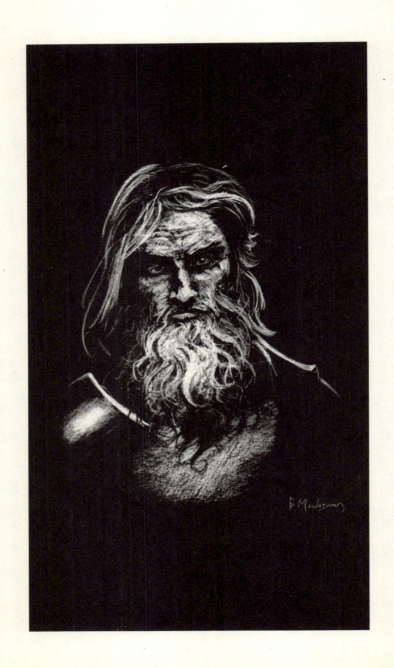

A princesa Xozy se levantou imediatamente e embora fingisse estar constrangida, por dentro sentia uma felicidade plena.

— Você, senhorita, vá dormir agora, e você, latímio, faça o favor de vir comigo! — disse o rei Freddy categoricamente.

Zirus se levantou sem mostrar muito arrependimento e mantendo sua postura. Xozy foi dormir no mesmo instante. O rei segurou Zirus pelo ombro e enquanto caminhavam um pouco pelo acampamento lhe disse:

— Preste atenção, Protetor, as regras do meu povo são muito rigorosas, e a miscigenação é algo severamente punido. O propósito que cada um de nós tem, é algo valioso demais para se jogue fora por qualquer razão. Além disso, eu conheço as regras dos Protetores e sei o que poderia acontecer caso as violassem. Devo uma a você, latímio, pois trouxe de volta a minha filha quando já a considerávamos morta, mas não quero que a magoe nem que se crie um caos entre minha gente. Não violemos as regras e você contará com meu apoio nesta luta. Estamos de acordo?

Zirus concordou com a cabeça, deram um aperto de mãos, e então foram descansar para partir no dia seguinte para seu destino.

Na manhã seguinte, o exército fredik desfilava ordenadamente enquanto a rainha Moravia, os gatos da princesa Xozy, as esposas, as mães e os filhos dos soldados se despediam deles na saída do acampamento. À frente do exército o rei Freddy montava um mustangue azulado, igual aos de seus dois filhos que o seguiam, cada um de um lado. Xozy, mais à esquerda, montava um formoso corcel branco; Lexlie do outro lado, seu forte cavalo pardo; e Zirus e Cirón, inseparáveis como sempre, os acompanhavam liderando o exército. Xozy e Zirus praticamente não se olhavam, mas a atenção de um estava literalmente fixa no outro.

Pouco depois de saírem do acampamento, um sentinela da avançada fredik chegou muito alterado para falar com o rei Freddy.

— Vossa Alteza… lá… ao sul, a cerca de duas horas daqui uma batalha sangrenta está sendo travada e, ao que tudo indica, alguns ogros e dragões estão atacando o exército ulo.

Todos se alarmaram muito e aceleraram o passo para chegar o mais depressa possível. A maioria dos soldados estava entusiasmada, cheia de coragem, sem saber o que esperava por eles.

Capítulo 25

A PRIMEIRA BATALHA

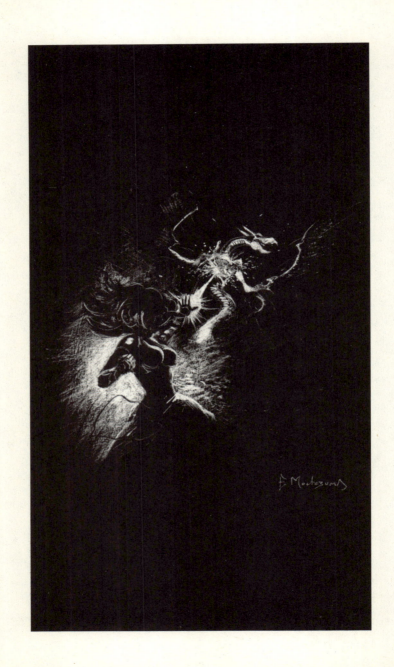

Era um dia nublado. Nuvens cinzas e densas cobriam todo o céu; não havia muita névoa, apenas uma leve garoa caía por todos os lados, o que tornava bastante difícil a visibilidade e incômoda a locomoção.

Milhares de ulos lutavam ferozmente contra um exército composto por quase o dobro de seu número: ogros, bestas e dragões vermelhos atacaram de surpresa por todos os flancos simultaneamente.

Era um massacre lamentável, mas os guerreiros ulos tinham como característica inerente a valentia, a coragem e a habilidade para lutar, além da atitude desafiadora e honrosa em qualquer circunstância.

Doze dragões vermelhos atacavam uma seção do exército ulo. Os guerreiros, apesar de mostrarem grande valor, foram carbonizados, degolados e esquartejados nos embates com os dragões.

Então, um raio branco azulado atingiu o centro exato de um dos dragões, que caiu ruidosamente e já morto sobre as planícies do campo de batalha. O rei Freddy se encontrava à frente de uma parte do seu exército. Xozy estava ao seu lado e levantava as mãos para gerar outro raio de energia e assim tratar de eliminar os agressores. Seus dois irmãos levantavam as mãos da mesma forma e lançavam os mesmos potentes raios de energia, mas nenhum dos dois acertava o alvo.

Os dragões investiam sem piedade contra os ulos e agora atacavam também os frediks, que se organizaram e se posicionaram em formação V. O rei Freddy levantou as mãos, sendo seguido pelos seus filhos e pela princesa Xozy, e o resto do exército, armado com arcos e flechas, se preparou para um ataque conjunto. Uma grande quantidade de energia se acumulou sobre eles. O rei deu o sinal e um raio incandescente, seguido de centenas de flechas, se lançou para outro dos dragões, o qual foi atingido e praticamente desintegrado por essa potente arma.

Entretanto, pelo flanco esquerdo e pegando a formação desprevenida, outro dos dragões atacou com uma labareda o exército fredik; inevitavelmente, dezenas de seus guerreiros encontraram a morte.

A formação se desfez, Xozy e alguns outros guerreiros saíram disparados ante o impacto da labareda.

Ela reagiu rapidamente e se levantou enfurecida, puxou uma espada que levava nas costas, empunhou-a com força e em meio a fumaça da explosão, observou a direção que esse dragão tomara. Sustentou a espada e gritou com todas suas forças palavras em um idioma estranho, ao mesmo tempo em que lançava a espada com um raio de energia que atravessou o ar a uma velocidade maior que a velocidade do som; essa alcançou o dragão, penetrou exatamente na parte posterior de sua cabeça matando-o no mesmo instante. Os frediks restantes, ao comando de seu rei, seguiram lutando contra os dragões.

Do outro lado do campo de batalha, Lexlie apareceu com outro batalhão do exército de frediks. Os ulos que combatiam nessa frente contra humanoides monstruosos, ogros e bestas, se encheram de bravura ao ver que seu líder surgira com reforços.

O Sétimo Protetor 〜 161

Nesse momento, Lexlie ordenou uma investida[77] furiosa contra os agressores. O rugido das bestas, o choque do aço e os gemidos das vítimas esquartejadas eram tudo o que se podia escutar enquanto a garoa se tornava um temporal frenético.

Lexlie cavalgava pelo campo de batalha amputando[78] os membros e cabeças dos monstros e bestas. Parecia implacável e nada poderia o deter.

Na dianteira do campo de batalha atacavam os lurks, uma raça de humanoides cujas feições eram parecidas com as de um inseto. Montavam uma espécie de minhoca de dez metros de comprimento e quatro metros de largura.

Zirus se apresentou ali com o restante do exército fredik. Ele e Cirón atacaram sem esperar um instante sequer, os demais frediks os seguiram com a destemida intenção de salvar os ulos, que eram devorados pelas minhocas gigantes e massacrados pelos lurks com suas enormes espadas curvadas.

Após exterminar várias minhocas e os lurks, Zirus cavalgou a toda velocidade em direção a uma das maiores minhocas, que estava com parte do corpo erguido, devorando um ulo e seu cavalo, quando de repente outra minhoca saiu de dentro da terra bem embaixo deles. Zirus foi arremessado para a direita e Cirón para o outro lado. Levantou-se depressa e correu para atacar a minhoca e ao lurk que o montava com uma espada em cada mão. Com os movimentos precisos, rapidamente suas vítimas já estavam inertes no chão.

Olhou ao redor procurando Cirón, mas a fumaça e a confusão impediam que visse onde ele estava. Escutou o grito de um ulo prestes a ser devorado por outra minhoca e correu para salvá-lo.

A batalha tomara outro rumo e a coalizão parecia ter as coisas sob seu controle, Sulfúria estava perdendo a batalha.

---

77 Investida: abordagem; ataque violento.
78 Amputar: cortar os extremos de algo.

Xozy, sozinha, já tinha matado outros dois dragões, o rei matado mais um e o restante da tropa a outros três. Mas ainda assim, sofreram baixas importantes e havia corpos de frediks carbonizados ou desmembrados[79] por todas as partes. A princesa estava furiosa, mas muito esgotada, já que estava há muitos dias sem dormir e a batalha perdurava por muitas horas.

Ela tirou força de sua coragem interna, e ainda que seu corpo não suportasse mais, seu ímpeto era tal que começou a liderar ao restante do exército e a reorganizá-lo para terminar com os dragões que sobraram. Organizou uma nova formação, e inclusive o rei se manteve sob suas ordens.

O dragão líder, que era o maior, ainda estava vivo e era o que havia causado a maior destruição no exército de Xozy.

Havia muita fumaça e barulho por todas as partes, mas o exército da princesa se mantinha em formação V. Um rugido ensurdecedor, como nunca antes se escutara, ecoou por todo o campo de batalha. Foi tão impactante que por um instante toda a ação se deteve. Lexlie, que estava no extremo oposto do campo de batalha, ficou atento e não pôde evitar o nervosismo.

Xozy nem se abalou, só tinha em mente acabar com essa besta que havia assassinado seus semelhantes.

Por entre as nuvens cinzas e a fumaça do campo de batalha, o grande dragão vermelho desceu a toda velocidade em um ataque ímpar impulsionado pelo ódio e pela fúria. A princesa Xozy rompeu a formação e saiu em disparada de encontro ao dragão, ela não conseguia se conter e não esperaria que ninguém mais fizesse o trabalho; isso era o que ela deveria fazer. Seu pai, o rei, sem sucesso gritou por ela, tentando detê-la.

Xozy saltou usando parte de sua magia para confrontar o dragão, e se valendo de sua ousadia e coragem realizou uma

---

79 Desmembrar: separar os membros; como braços ou pernas de um corpo.

façanha inédita: empunhando com ambas as mãos uma espada de diamante e cortando com toda sua força e vontade, desmembrou com apenas um golpe a cabeça daquele enorme dragão. O rei fredik ficou atônito[80], da mesma forma que os demais espectadores.

Ela caiu no chão ofegante e, pouco depois, limpava o sangue do dragão dos braços e da roupa enquanto caminhava para a formação. De imediato notou que o rei e o resto do exército a viam impressionados, o que a incomodou muito, porque ainda restavam mais dois dragões. Gritou algumas vezes para reorganizar a tropa, pois estavam desprotegidos. Rapidamente os colocou em formação, mas para sua surpresa todos viram os dois dragões fugirem apavorados. Todo o exército de Xozy comemorou o triunfo.

Por sua vez, do outro lado do campo de batalha, Lexlie havia controlado todo cenário e seu exército dominara o agressor e o derrotara.

Pouco depois, o exército de Xozy e o rei Freddy se encontraram com o de Lexlie, ambos celebrando e regozijando a vitória, sem deixar de sentir um profundo luto interno pelas baixas.

Em seguida, os dois exércitos se dirigiram para frente do campo de batalha para se encontrarem com o exército de Zirus. Nesse lugar só havia cadáveres de ambos os lados.

Xozy se sentia estranhamente preocupada, porque era muito esquisito ainda não saberem nada sobre Zirus e Cirón. No campo de batalha havia um silêncio incômodo, salvo pelo barulho da chuva caindo nessa tarde estranha e fria. Xozy se adiantou caminhado mais rápido, Lexlie a seguiu, pois ele também sentia algo estranho.

— Zirus!

---

80 Atônito: muito surpreso.

— Zirus! — gritavam a princesa e Lexlie, mas a única resposta que recebiam era o silêncio.

Um frio sepulcral invadiu a alma de Xozy e a solidão a cobriu. Então ela viu alguma coisa ao longe e pensou pasma:

— Não, não pode ser...!

Capítulo 26

ADEUS A UM AMIGO

Só se via um vulto ao longe; a chuva e a neblina não permitiam que se visse bem o que era. Mas Xozy sabia. Ela se aproximou lentamente da cena sem fazer muito ruído, Lexlie se aproximou mais bruscamente a seguindo, mas Xozy levantou o antebraço com a mão aberta para pedir que se detivesse. Lexlie, ao ver o quadro ficou estarrecido.

O sangue prateado cobria o chão, o chifre de Cirón estava partido em dois e uma ferida mortal no estômago sangrava sem parar. Sua cabeça, com os olhos e a boca semiabertos, era sustentada pelos braços fortes de Zirus, que estava ajoelhado ao lado do corpo de Cirón.

Cirón arfava, eram seus últimos sopros de vida, nada mais poderia ser feito, porque quando um unicórnio quebra o chifre, sua vida acaba junto. Ademais, Cirón também estava mortalmente ferido no estômago.

Zirus sabia que o final chegara para seu amigo e com toda tristeza o acompanhava em suas últimas palpitações. Cirón era o único amigo que ele tivera. Quando era pequeno e estava sendo treinado pelos magos, Ricart lhe entregara Cirón, que ainda era um potro e ele o criou e o treinou até se tornar adulto.

Todas as batalhas em que lutaram juntos e todos os momentos que compartilharam passavam freneticamente por sua cabeça.

O universo de Zirus encheu-se de solidão, angústia e impotência.

Cirón encarou seu inseparável amigo com suas últimas forças, como um agradecimento por tudo e uma despedida final. Zirus captou a mensagem, o abraçou com mais força e lhe disse em voz baixa enquanto o pranto corria de seus olhos:

— Adeus, meu amigo.

Cirón deu seu último suspiro, seu coração parou de bater, seus olhos deixaram de brilhar e ele, como alma, se foi para onde somente os unicórnios vão ao morrer para seguirem vivendo de outra forma.

Zirus abraçou com mais força o corpo inerte de Cirón, agachou ainda mais a cabeça e sentiu como se tudo se dilacerasse por dentro.

Não podia deixar de chorar, coisa que jamais lhe ocorrera antes.

Xozy e Lexlie observavam de perto. Ela podia sentir exatamente o que sentia Zirus e suas lágrimas também rolaram sem controle pelo seu rosto. Ao mesmo tempo pôde sentir a imensa solidão que Zirus sentia. Aproximou-se lentamente até estar atrás dele, que se mantinha ajoelhado abraçando o corpo de Cirón. Ela pôs sua mão no ombro de Zirus e lhe disse:

— Eu lamento, meu amigo. Sabe, você não está sozinho; ainda tem amigos.

Zirus experimentou um ligeiro alívio. Deixou de abraçar o corpo de Cirón, levantou-se e olhou para seus amigos. Nesse momento a solidão desapareceu, ele se aproximou ainda mais deles e abraçou a Xozy, que rodeou com seus braços o robusto corpo de Zirus. Ele não parava de chorar, mas ela e sua amizade lhe trouxeram consolo e paz.

O Sétimo Protetor ❧   169

Lexlie também estava ali e sua presença trouxe ainda mais tranquilidade.

Durante a tarde se cumpriram a cerimônia de cremação. Todos os soldados ulos e frediks, se organizaram em uma formação de honra.

Despediram-se de Cirón e de todos os outros guerreiros que faleceram nessa batalha com o som das gaitas que os ulos tocavam e das flautas melodiosas dos frediks, enquanto a tarde caía e a noite chegava.

Xozy não se separou de Zirus nem por um instante, compartilhando a dor e tentando levar paz ao seu coração.

Essa noite as estrelas brilharam mais, a única lua não eclipsada em sua totalidade deu mais luz, o vento soprava levemente como acariciando o sofrimento e os rios e lagos sussurraram o adeus a um amigo.

Capítulo 27

CHANES

No alto do canhão de ouro, Chanes se encontrava ajoelhado, agachado, acorrentado pelos pés e mãos e alucinado, querendo algumas varetas com cor de café. Seus crimes contra a humanidade eram tais que ele mergulhara em um estado quase catatônico[81], permanecendo sem atividade racional.

É verdade que o coração de milhões de humanos clamaria por justiça e vingança, já que foram vítimas das traições e ações malignas de Chanes. Ele fora o braço direito de Ricart por décadas e aproveitava cada oportunidade para esmagar, deter, humilhar e destroçar os seus semelhantes de maneira camuflada e dissimulada. As vozes dos homens clamam por justiça quando tais traições acontecem, mas é parte da natureza que a justiça cobre essas dívidas por si só e é desnecessária essa sede de vingança, a única coisa de que se precisa é a paciência.

Santra chegou sobrevoando o lugar e o olhou sem a mínima compaixão; olhou para ele até com um pouco de prazer e deboche.

Pegou um feixe das varas marrons e as atirou de forma que caíssem perto de Chanes, mas suficientemente longe para que não

---

81 Catatônico: estado de perturbação do comportamento motor e mental de uma pessoa.

pudesse alcançá-las por conta das correntes e grilhões que o atavam pelos punhos e tornozelos. Chanes tentava como louco pegar os narcóticos, mas seus esforços eram inúteis e sua ansiedade aumentava e se tornava mais intensa e insuportável.

A risada descontrolada de Santra, de uma agudeza dolorosa e penetrante, abafava o balbucio ansioso e demente de Chanes. Ela se deliciou com cada instante dessa cena, até que deu a volta e seguiu seu voo para o centro de Latímia, onde a batalha final a aguardava e, segundo suas expectativas, a vitória óbvia para ela e seus exércitos.

Capítulo 28

A REVELAÇÃO

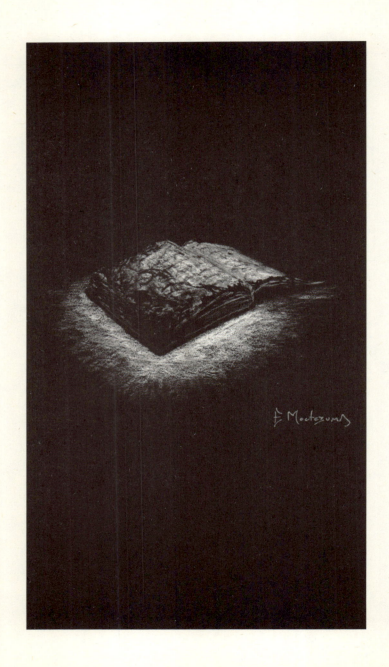

A grande maioria dos povos já tinha sucumbido aos ataques de Sulfúria e os sobreviventes dos exércitos recuaram para o centro de Latímia e para o vale onde ficava o templo-mor para se prepararem para a defesa da região.

Ricart e Johanus estavam na câmara principal do templo-mor. Johanus era o membro mais jovem do Conselho. Ricart, Johanus e outros cinco membros do Conselho de magos eram os que ainda restavam vivos; a outra metade do Conselho já havia morrido nas batalhas, defendendo as zonas de Latímia, atualmente tomadas por Sulfúria.

Ricart estava praticamente há sete dias sem dormir bem, apenas cochilando, focado em decifrar a parte perdida da última profecia.

Havia uma parte sem nexo que ele repassava em sua mente, murmurando vez após vez:

Este Sétimo não é igual, é diferente dos demais e ele não tem o que os outros têm, nem os outros são como ele.

Este Sétimo não é igual, é diferente dos demais e ele não tem o que os outros têm, nem os outros são como ele.

Este Sétimo não é igual, é diferente dos demais e ele não tem o que os outros têm, nem os outros são como ele.

Simplesmente não fazia sentido.

— Talvez estivesse relacionado com esta outra parte:

O poder e a razão do Sétimo Protetor se amalgamam no vento, em um destino conjunto e eterno com...

— Quem sabe a chave de fato esteja aqui — murmurava Ricart, enquanto Johanus concentrava sua atenção nele e aproximava um pouco sua cabeça, tentando compreender seu murmúrio.

— Não é assim, Johanus?

— Este... bem... penso que... — balbuciava Johanus nervoso, porque a verdade era que não tinha a menor ideia do que Ricart estava falando, já que não conseguira escutar bem o que dissera mesmo tendo tentado bastante.

— Aahh! Veja, veja aqui, a profecia diz que o Sétimo Protetor é diferente do resto, e que algo se amalgama com algo. Entenda! Há certa relação nisso, mesmo assim não faz sentido para mim! — exclamou Ricart subindo o tom de voz e meio aborrecido.

— Entendo como se sente, mestre. Permita-me dar uma olhada.

— Deixe para lá, Johanus. Tenho que sair para arejar, o cheiro de mofo e a pouca luz me causam dor de cabeça. Vou tomar um ar e me distrair um pouco, algo há de iluminar meus pensamentos e tudo ficará mais claro.

— Que assim seja, mestre.

Ricart saiu para caminhar um pouco, tomar ar e aliviar a mente. Estava muito preocupado, restava pouco tempo e ele não sabia nada de nenhum Protetor.

Podia sentir que Santra se aproximava com seus exércitos, e a ansiedade crescia não apenas dentro de Ricart, como também no ambiente em geral; já que se podia sentir a crescente ansiedade e o nervosismo que se respira quando uma batalha está prestes a começar.

Johanus permaneceu na sala onde Ricart costumava estudar, que ficava na primeira seção do templo. Era um lugar iluminado com velas, sem umidade, mas impregnado pelo cheiro dos papiros antigos e de papel velho. Sentou-se em uma cadeira de madeira muito antiga que estava diante de uma mesa de madeira similar. Sobre a mesa se encontravam as anotações de Ricart, e começou a estudá-las para tentar decifrar a parte final da profecia.

A essa altura, Ricart e os membros do Conselho já tinham investido horas de trabalho na restauração e interpretação do Livro dos Sábios.

Apesar de terem alcançado avanços importantes, ainda não tinham todos os dados vitais para compreenderem a profecia e, assim, definir a atitude correta que deveria ser adotada para salvar Latímia.

Ricart perambulou e pôde ver os preparativos de defesa que os generais latímios faziam para se protegerem da iminente batalha.

Ele sugeriu a um dos generais que pusesse algumas armadilhas escondendo nelas lanças gigantes que fossem arremessadas inesperadamente para obter um ataque defensivo eficaz.

Verificou e coordenou a colocação das balestras[82] e das catapultas[83], também coordenou a disposição de tochas e fogueiras em pontos estratégicos e comentou com os líderes dos exércitos o plano geral de batalha.

---

82 Balestra: máquina antiga de guerra utilizada para arremessar flechas.
83 Catapulta: antiga máquina militar para arremessar pedras.

A seguir passeou pelos arredores, observando a vizinhança sem nenhum outro propósito além do de desviar a atenção do interior de sua mente. Em um dado momento parou, observando alguns esquilos chifrudos dourados que perseguiam um ao outro por entre os galhos, rodopiando entre eles enquanto brincavam entre as árvores.

E disse:

— Ah! Será assim? — E regressou depressa ao templo-mor.

Teria demorado uma hora para chegar se não fosse por um guerreiro que encontrou na metade do caminho e o levou até o templo-mor em sua águia gigante.

Entrou apressado no cômodo onde estudava. Imediatamente, o cheiro de papel velho lhe causou um ligeiro mal-estar e demorou um pouco para se acostumar com a pouca luz do lugar. Para sua surpresa, encontrou a Johanus apoiado calmamente na mesa. Sua cabeça estava sobre seus braços e adormecera sobre as anotações que Ricart havia deixado sobre a mesa.

Ricart esboçou uma careta de desagrado e irritação e logo disse:

— Vá para o lado — empurrando Johanus que com o solavanco despertou um pouco assustado e logo se retirou do lugar de trabalho de Ricart.

— Desculpe, mestre, não percebi e acabei dormindo — disse Johanus.

Ricart o olhou de soslaio, ainda mantendo a mesma careta no rosto, tirou um lenço de seu lado direito, limpou a saliva que Johanus deixara sobre seus apontamentos, pegou outra vela e a pôs sobre a mesa para ter uma visibilidade maior.

— Está bem, isso já não importa, acho que tenho a resposta.

Johanus prestou mais atenção e despertou por completo. Ricart começou a lhe explicar a relação das coisas e a interpretação

O Sétimo Protetor

da profecia final. As feições de Ricart estavam relaxadas e podia se notar que a alegria começava a se revelar em seus gestos. Johanus compreendeu o que Ricart lhe dizia e a felicidade também cobriu seu rosto.

Os eclipses estavam chegando ao seu apogeu, no céu se via a terceira lua, ainda quase em plenitude, começar a escurecer lentamente, e embora a sua luz acabasse em pouco tempo, a esperança para os humanos aumentava mais um pouco.

Capítulo 29

LETON

Leton e Gilar venceram uma luta sangrenta contra demônios alados, mas nas crateras áridas e desoladas dessa região apenas encontraram terra, frio e agressão desenfreados por parte desses demônios que mediam cerca dois metros, tinham corpos delgados, porém muito resistentes e fortes, a pele aspérrima ao tato e de um tom arroxeado muito escuro; eram sem dúvida, horrorosos de se ver.

Seus olhos eram amarelos como de gato, seus chifres pontiagudos e fortes surgiam proeminentes do crânio e suas mandíbulas com poderosos caninos recobertos por uma saliva poderosamente venenosa para algumas espécies, incluindo a dos humanos, lhes davam um aspecto bastante aterrorizante.

Usavam uma espécie de cimitarra, ou espada curva, para atacar os seus inimigos. Era difícil enfrentá-los e detê-los em um ataque direto, mas Leton e Gilar, com sua habilidade e inteligência, além de sua coordenação perfeita, saíram vencedores daquele lugar infernal. Contudo, ainda que tenham buscado minuciosamente, não houve nenhum vestígio ou pista de alguém que pudesse ser o Sétimo Protetor. E dessa forma partiram desiludidos para seu próximo destino.

Depois de horas de voo, por fim chegaram às dunas das serpentes de duas cabeças. Este também era um lugar bastante árido e inóspito[84]. Havia ventos fortes e intermitentes que arrastavam grandes quantidades de areia e diminuíam a visibilidade em certos momentos. Na realidade, em certa época do ano havia tempestades de areia tão violentas que podiam cobrir quilômetros com ventania[85] arenosa e era impossível enxergar a uma distância de centímetros diante do próprio nariz.

Sobrevoavam a área e, com sorte, nesse dia a visibilidade não era tão ruim. Eles procuravam por algum lugar que estivesse habitado, mas era difícil pensar que algum povo tenha conseguido sobreviver em um lugar tão hostil.

Sabia-se que os lurks habitaram nessa localidade há muitos séculos e que treinaram as minhocas gigantes, mas com o passar dos anos, o clima se tornara tão agressivo, e as violentas tempestades de areia tão recorrentes, que eles migraram dali séculos atrás.

Ainda assim, Ricart escutara o mito de um povo de uma cultura avançada que havia habitado essas regiões longínquas e estranhas e, embora isso fosse um mito, eles teriam que explorar esse lugar, já que era possível que ali se encontrasse a salvação para os humanos.

Voaram por horas, e houve um momento em que a vendaval amenizou sua força e agressividade, a visibilidade aumentou e podia se ver melhor à distância.

Gilar grunhiu para forçar Leton a olhar para sua direita. Ao longe avistaram alguns montículos ordenados que podiam significar indícios de uma civilização.

---

84 Inóspito: incômodo, pouco acolhedor, que não oferece segurança ou abrigo.

85 Ventania: vento constante e às vezes forte.

Alteraram o curso e se dirigiram para lá e, quanto mais se aproximavam, mais se tornava evidente que houve vida inteligente naquelas formações. Ao chegar a pouca distância deles, já podiam distinguir claramente algumas paredes curvas em forma de casas no estilo de iglus, feitas com algo parecido com adobe. Tinham a forma ideal para resistir às constantes tempestades de areia.

Encontraram dezenas dessas construções; estavam dispostas em formação circular, com um espaço de uns cinquenta metros de diâmetro no centro.

Leton observou com cuidado se havia algum tipo de movimento estranho, mas além dos ventos que agitavam errantemente as areias, não havia nenhum outro tipo de atividade, o que lhes pareceu raro.

Gilar aterrissou suavemente e Leton desceu com cautela e sem fazer movimentos desnecessários. Começou então a investigar o lugar e se deu conta de que os iglus tinham entradas cilíndricas, com portas que pareciam hermeticamente fechadas. Esforçou-se para abrir várias delas, mas não conseguiu, até que encontrou uma que tinha alguns danos visíveis como se tivesse sido golpeada com espadas, lanças ou garras; realmente eram marcas muito estranhas.

No canto inferior direito dessa porta, feita com um tipo de metal diferente, havia uma pequena rachadura. Leton a usou para cravar sua espada, criando uma alavanca e, assim, conseguiu abrir facilmente aquela porta.

Entrou cauteloso, empunhando sua espada com ambas as mãos e aguçando sua visão ao máximo. Quando seus olhos se acostumaram com a pouca visibilidade, pôde notar que esses supostos iglus não eram casas, mas sim entradas para uma rede de túneis e câmaras subterrâneas.

Gilar ficara lá em cima e estava um pouco nervoso, já que aquele lugar era desconhecido para ele. Apesar de ser um dragão de valentia inigualável, sabia que esses lugares podiam ser perigosos.

Subitamente escutou um som em suas costas e instantaneamente alçou voo. De repente, justamente quando recolhia suas patas e as unia contra o corpo, sentiu em sua pata esquerda traseira um forte puxão que o arrastou para baixo e lhe impediu de voar para longe daquele lugar. A adrenalina se apoderou de seu corpo e usando toda sua força conseguiu safar a pata que estava agarrada pelo que sentia que talvez fossem mandíbulas.

Gilar decolou dali com esforço, a dor na pata machucada era quase imperceptível, mesmo após ser ferido no ataque, a adrenalina estava anestesiando a parte lesionada do seu corpo.

Uma vez alcançada uma altura segura, virou-se para ver o que atacara. Para seu horror, viu uma víbora com envergadura aproximada de vinte e cinco metros de comprimento e dois metros de circunferência com poderosas mandíbulas dentadas em cada uma de suas duas cabeças.

Embora a serpente se afastasse, tentando entrar no meio das dunas de areia, Gilar partiu para cima dela valentemente e, com suas poderosas garras, apertou a parte traseira do corpo da serpente que estava prestes a desaparecer na areia, desenterrando-a. A serpente deu um par de mordidas em contra-ataque, mas Gilar agilmente as evitou.

A serpente conseguiu se safar das garras de Gilar, ganhando assim espaço para se posicionar em ataque; lançou uma rápida mordida em direção ao corpo de Gilar, mas ele se esquivou e capturou habilmente o pescoço da serpente desprendendo a cabeça do resto do corpo. A cabeça caiu no chão enquanto o resto do corpo tremia com os últimos espasmos de vida, retorcendo-se na areia.

Gilar, um pouco esgotado, voou até uma das construções iglu e pousou sobre ela para ficar em um lugar mais seguro.

Leton estava explorando os túneis, os quais foram construídos magistralmente, sabiamente conectados e estruturados. Tinham uma iluminação tênue e intrigante. Em algum momento do passado, aquela fora uma cidade subterrânea muito ativa, habitada por gente muito competente e capaz.

Ele encontrou apenas restos de utensílios e coisas em desordem ou quebradas, que há muito tempo não eram utilizadas, como se tivesse ocorrido alguma grande confusão e um conflito interno.

Estava procurando por algum tempo até que se deu conta de que, ainda que fosse muito interessante investigar tudo aquilo, sem dúvida ali não encontraria o grande guerreiro que estava procurando e decidiu ir embora.

Foi então que ao longe começou a escutar um som estranho; era entrecortado, como o canto de um grilo, porém, mais mecânico e estridente.

Ele começou a procurar a saída, mas os túneis o levavam às câmaras sem saída ou a outros túneis. O som estridente ficava mais e mais audível, até chegar a seus ouvidos o som de pisadas com várias patas, o que causou nele uma grande preocupação.

Encontrou um túnel onde podia sentir um pouco de vento fresco que talvez viesse de uma saída. As pisadas eram ouvidas cada vez mais perto e o som estridente e intermitente se tornava cada vez mais incômodo.

De repente ambos os ruídos cessaram. Leton se ficou imóvel, pois sentiu uma presença atrás dele. Ao se virar lentamente sem fazer movimentos bruscos, viu várias garras gigantes. Também pôde ver mandíbulas circulares enormes, com várias fileiras de dentes afiados. Acima delas, uma dezena de olhos vermelhos brilhantes, que pertenciam à pavorosa besta, olhavam fixamente pra ele.

O espaço do túnel era estreito, mas suficientemente grande para que tanto Leton quanto aquela criatura estranha pudessem manobrar.

Era uma criatura bastante horrenda, um tipo de escorpião com duas caudas, cada uma com pontas afiadas e retas que injetavam um potente veneno paralisante.

Seus dois pares de garras mediam uns noventa centímetros de comprimento por quarenta de largura e eram capazes de exercer uma pressão quase letal ao aprisionar suas vítimas.

Essa espécie pode ter sido a causadora da extinção dos que construíram aquela cidade em tempos remotos, e sem dúvida também poderia ser o fim para Leton.

Capítulo 30

ZIRUS E LEXLIE

Lexlie e Zirus conversavam amistosamente ao lado de uma fogueira. Algumas horas antes estavam traçando a estratégia e o plano de batalha com Xozy, o rei fredik e os generais ulos. Após um abundante jantar, os generais, o rei fredik e Xozy foram descansar em suas respectivas barracas, armadas próximo da fogueira, e Lexlie e Zirus ficaram falando um pouco sobre assuntos mais pessoais.

Era uma noite um tanto fria e com brisas moderadas. A desolação, a morte e o cheiro de putrefação[86] eram notados em toda a área. Sem dúvida Sulfúria estava devastando Latímia.

O sentimento de perda no coração de Zirus era irremediável. Cirón ocupara um lugar insubstituível, mas a vida continua e ele deveria superar esse vazio e continuar na luta pela liberdade de seus povos.

— Amigo, sei como se sente; eu imagino que você deva odiar Sulfúria e Santra tanto quanto eu — disse Lexlie, tentando compreender Zirus.

— Não, Lexlie, nós não podemos odiar nem mesmo a um demônio, devemos manter nossa integridade e honra, e o

---

86 Putrefação: decomposição da matéria orgânica.

único amor que podemos nutrir é ao nosso propósito — respondeu Zirus elevando um pouco seu ânimo.

Lexlie soltou uma gargalhada que quase despertou os guerreiros que dormiam por perto.

— Você acha que eu sou cego, não é?

— Do que você está falando?

Lexlie se aproximou um pouco dele e começou a falar em voz mais baixa para que ninguém pudesse escutá-lo.

— Meu amigo, é mais óbvio do que um Shilar no deserto. Eu tenho visto como você olha para a princesa Xozy e quase posso escutar como seu coração se acelera quando ela se aproxima. Não tem problema algum, vocês formam um belo casal, não? Nós, os ulos, temos uma ideologia: "se algo lhe agrada, lute por isso até o final. Não há razão para se viver quando não se é capaz de persistir pelo que se ama".

— Bem, posso ver seu ponto de vista, e sem dúvida essa é uma filosofia bonita e muito válida; mas a vida de um Protetor é diferente e possui certas regras invioláveis. Mas não sei de onde você tirou essas ideias estranhas! Ela é uma grande amiga, apenas isso. Realmente vocês me ensinaram o que é a verdadeira amizade e sei que isso vale mais do que mil mulheres bonitas. Ela me preenche com sua amizade e me oferece mais do que qualquer outra mulher poderia me dar. Decidi cuidar dela, protegê-la e ser seu guardião. Não me importa se ela está com alguém mais ou que se case com algum fredik, eu continuarei cuidando dela à distância.

Ao final, Zirus suspirou com força enquanto olhava ao longe e sentia a energia dessa admiração percorrer todo seu corpo.

Lexlie o olhou e levantou a sobrancelha direita enquanto dizia ironicamente:

— Bem, creio que sem dúvida interpretei mal suas ações e vejo que não está apaixonado por ela. Ah! Estou certo de que entendo e conheço as regras dos Protetores e não discordo, mas sem dúvida as coisas poderiam chegar a mudar e, quem sabe, vocês tenham uma oportunidade, porque ela sem dúvida é louca por você, amigo.

Zirus o olhou com um sorriso sutil e sentiu certa satisfação ao escutar isso.

— Pois eu não sei disso, Lexlie, o que sei é que não haverá um mundo onde sonhar se não detivermos Santra e Sulfúria, e é aí que minha atenção está integralmente e onde deveria estar a sua, não acha, meu caro Sétimo Protetor?

— Bem, eu só disse o que observei, e nada de me chamar desse tal Protetor que diz, eu sou Lexlie, líder dos ulos!

— Está bem, Vossa Alteza, Lexlie, líder dos ulos. É hora de dormir, precisamos contar com todas as nossas forças para a batalha.

Zirus se levantou, sacudiu-se e se retirou para sua barraca. Lexlie ficou sentado, um pouco pensativo, ao lado da fogueira. No meio do caminho, Zirus se deteve, voltou e disse:

— Ei, Lexlie!

Lexlie virou-se.

— Obrigado por ser meu amigo, já não me sinto tão só.

Lexlie lhe respondeu com um sorriso de satisfação, ao mesmo tempo em que movia a cabeça, assentindo levemente. Zirus sorriu e retomou seu caminho, indo dormir para recuperar as forças e estar pronto para o confronto contra os exércitos de Sulfúria.

Zirus se recostou em sua barraca e por um momento duvidou que Lexlie fosse o Sétimo Protetor.

Era difícil pensar que ele fosse a chave para derrotar Santra; raciocinou que a última parte da profecia, escrita em metáfora, que falava da amálgama, talvez se referisse à coalizão dos exércitos ulos e frediks e que isso faria a diferença na batalha prestes a ser travada.

Ainda assim, não se sentia completamente satisfeito com sua dedução. O nervosismo invadiu seu corpo, e uma ideia de derrota passou por sua mente inquieta. Mas fechou os olhos e revigorou-se ao decidir que lutaria com determinação e fé por amor à sua raça.

Capítulo 31

A ÚLTIMA LUA

Primeira parte

Ainda podia se ver um leve feixe de luz da última lua, embora faltasse pouco tempo para seu eclipse total.

As outras duas luas permaneciam em absoluta escuridão.

A capital se encontrava no centro exato de Latímia. Estava exatamente no equador do planeta. Era um vale não muito extenso, mas cheio de árvores e vegetação. O rio Shulmanha descia do Ayilha, o monte mais alto da cordilheira que circundava a cidade. Este rio ziguezagueava pelo vale, seguindo até um lago longínquo de grandes proporções conhecido como o Olho dos Deuses.

O templo-mor ficava perto do Shulmanha, que dava uma volta completa ao redor do templo e de sua planície, servindo de barreira e proteção natural.

Um exército distribuído em batalhões, composto por dezenas de milhares de ogros, duendes canibais, feiticeiros, bruxas, dragões e outras espécies recrutadas recentemente por Sulfúria, cercava o centro de Latímia, nas encostas de várias montanhas, aguardando o último eclipse para assim desferir seu golpe final.

Santra se mostrava impaciente enquanto fazia uma inspeção sobrevoando a área por onde distribuíra seus exércitos.

Havia um silêncio quase absoluto, todos os arredores fora do centro de Latímia estavam sombrios e o cheiro de corpos apodrecidos impregnava o ar que se respirava. "Esta será sem dúvida a batalha final e a captura total de todo o território latímio", pensava Santra enquanto o desespero e a ansiedade a dominavam por inteiro.

Não parecia haver uma verdadeira oposição. Todos os povoados, com exceção da capital de Latímia, já tinham sido conquistados.

Sonhava em ter Ricart em suas mãos e ela mesma lhe extrair cada grama de poder e força, em absorver toda sua energia vital deixando seu corpo seco, murcho e putrefato.

Eles já possuíam uma história de batalhas e conflitos. Ela, em particular, não poderia se esquecer de uma batalha ocorrida há quase quarenta anos onde sua irmã Rostra fora capturada e incinerada por uma descarga de energia letal oriunda da mão direita estendida de Ricart. Na mesma batalha, Santra fora golpeada por Ricart com uma descarga similar, mas se saíra melhor mesmo Santra tendo se recuperado das queimaduras nos braços, pernas e rosto. Mas se alguém a olhasse com atenção, ainda veria algumas cicatrizes nestas partes do seu corpo; essas cicatrizes não a incomodavam, mas as chagas da alma jamais cicatrizaram e alimentavam seu ódio e seu desejo de destruição e vingança.

Os meses de trabalho para recrutar e reunir os povos agressores, as milhares de horas de treinamento, as décadas de procura por informação e feitiços ancestrais que Santra e seu clã de Cuaitmas investiram para chegar a este momento renderam fruto, pois a vitória poderia estar a apenas algumas horas.

Latímia estava a um passo de cair nas mãos de Santra e Sulfúria, os sobreviventes que restaram se tornariam escravos prostrados, toda sua cultura se perderia no esquecimento e todas as riquezas seriam extraídas até esgotar completamente os recursos, o que transformaria essas terras, tão férteis e bonitas, em um deserto árido e suas cidades em cemitérios abandonados e inóspitos.

Os generais dos exércitos de Sulfúria só esperavam a ordem de Santra para atacarem no momento exato em que o último eclipse se concluísse, já que nesse período a magia não funcionaria ali e o ataque simultâneo das bruxas Cuaitmas e de Sulfúria poria fim ao que restava da cultura de Latímia.

O ataque simultâneo do meio das montanhas para o vale, de norte a sul, de leste a oeste e de forma cruzada, parecia a estratégia perfeita.

Gálur, o imperador dos ogros, era o maior e mais forte deles. Media mais de quatro metros e meio de altura e pesava três toneladas; apenas uma de suas pernas já era maior e mais forte do que o mais truculento dos humanos. Suas mandíbulas ao morder exerciam uma força maior do que a dentada de um Shilar na infância e era conhecido por sua falta de compaixão e sua impiedosa personalidade sanguinária.

Seu exército se encontrava ao norte nas encostas do Ayilha, contava com mais de dois mil ogros e oito mil necrudos, uma raça de bestas peludas, anãs, carnívoras e inteligentes que conseguiram domar um tipo de ratazanas glabras[87] gigantes.

Em contrapartida, para o oeste, na parte baixa do monte Soliare, um monte escarpado e com muita vegetação, se encontrava o exército dos duendes carnívoros, que chegavam a mais de doze mil ansiosas criaturas sedentas de sangue e famintas de carne humana. O general Nominon, que era implacável em

---

87 Glabro: que tem pouco cabelo ou pelo.

seus ataques, tinha mais de duzentos anos de idade e milhares de mortes em seu currículo. Estavam dominados por uma incontrolável ansiedade e entre sua respiração agitada, suas risadas agudas e seus grasnidos[88] repetidos, gerava-se um ruído abafado que era horripilante para os guerreiros latímios que o escutavam ao longe e se arrepiavam pelo frio que se intensificava conforme escurecia.

Para a defesa havia um batalhão de quinhentas águias gigantes com seus cavaleiros, um batalhão de trezentos dragões azuis também com seus respectivos guerreiros e dezoito mil soldados de infantaria, alguns feridos e todos cansados e famintos, porque as provisões tinham terminado; todos se encontravam em posições estratégicas de defesa nos arredores do templo-mor e de sua planície. Dos membros do Conselho só sobrou a metade. Eles, junto com Ricart, formavam um campo protetor resguardando o templo-mor e o centro de Latímia. Esse escudo mantinha Sulfúria afastada, pois era produto de uma magia muito poderosa que, no entanto, findaria em pouco tempo.

O exército latímio havia montado trincheiras[89] e proteções com troncos enormes de pontas afiadas. Estavam ocultos formando diversas fileiras e, contando com um mecanismo especial, sairiam subitamente para protegê-los dos ataques do exército agressor os abordando e os detendo em uma defesa inesperada e agressiva.

Também estavam preparados com catapultas para lançar bolas de grama e petróleo acesas, tinham balestras gigantes com flechas de até três metros, feitas com os troncos talhados de algumas árvores parecidas com pinheiros, mas de uma madeira ainda mais dura e escura. Também dispunham de seis mil arqueiros capazes de lançar uma chuva incessante de flechas

---

88 Grasnido: canto ou grito desarmônico e incômodo ao ouvido.
89 Trincheira: defesa escavada na terra para proteção.

contra os agressores para proteger com honra o que restava de seus povos.

Para o sul, perto dos montes Yubales, centenas de bruxas e feiticeiros de Sulfúria com alguns dragões vermelhos comandavam um exército de mais de oito mil norkcs, seres semelhantes a humanos degenerados e mutantes com a pele escurecida e olhos pequenos. Tinham uma estatura mediana de um metro e sessenta centímetros, eram corcundas, seus braços eram mais largos que os de um humano e em suas mãos tinham patas com quatro dedos e dois polegares, um em cada extremo. Seu corpo era coberto por uma pele grossa, áspera e sem pelos.

Essa raça foi criada como uma ramificação da linha evolutiva dos humanos, mas desenvolveu uma espécie de inteligência tosca, hostil e cruel, já que viviam principalmente em cavernas e em lugares úmidos, muito frios e escuros em uma zona conhecida como As Grutas do Esquecimento que ficava nas partes mais altas e frias daquela parte do mundo. Sem dúvida esses eram lugares muito adversos, de modo que se gerava neles um estilo de decência próprio.

Devido a sua natureza sanguinária e a sua bestial forma de viver, Santra teve que controlar e submeter os norkcs. Bastaram uns poucos dias, a ajuda de Gálur, vários centenas de ogros, e uma negociação hábil para submeter os norkcs e torná-los mais dóceis. Seu propósito era ampliar os exércitos de Sulfúria e destruir qualquer oposição que pudesse tentar frustrar seus planos.

Ao longo dos anos, as bruxas que pertenciam às Cuaitmas, também fizeram alianças com outros clãs e seitas de feiticeiros e bruxas de menor poderio e desse modo conseguiram a criação de Sulfúria.

O resto dos clãs de Sulfúria, com centenas de dragões brancos e vermelhos e vários milhares de lurks, se encontravam distribuídos nas partes baixas das montanhas do leste da cordilheira Sulmak que rodeavam o centro de Latímia. Todos estavam sedentos de sangue e destruição, esperando que o último raio de luar se apagasse no eclipse final.

A desvantagem numérica era avassaladora, o desalento dos poucos guerreiros e feiticeiros latímios que restavam era evidente em seus rostos e em seus movimentos nervosos; mas estranhamente, a tranquilidade reinava no coração de Ricart que observava toda a cena do alto de uma pequena colina próxima ao templo-mor, enquanto ajudava a sustentar, com um pouco de sua assistência, o campo de energia criado por ele e pelos outros membros do Conselho para proteger os últimos momentos de vida dos latímios.

O momento havia chegado.

Capítulo 32

A ÚLTIMA LUA

Segunda parte

Ricart tinha fé no Livro dos Sábios e na profecia final, só que o tempo estava se esgotando e nenhum dos seis protetores surgia de nenhuma parte do horizonte.

Ele continuou sustentando o campo de força com o apoio dos outros membros do Conselho, mas também mantinha sua atenção nas regiões mais distantes com a esperança de que aparecesse algum dos protetores acompanhado do Sétimo Protetor.

Restava pouco tempo para que se consumasse o último eclipse, a magia começava a flutuar[90] e a força do campo de proteção tinha intervalos de potência em sua força e contrações leves.

Johanus, o feiticeiro mais jovem do Conselho, aproximou-se já aparentando muito esgotamento. Seu longo cabelo negro tinha um brilho opaco e sujo e ele dirigiu seus olhos azul-turquesa, apagados e sem brilho devido ao cansaço e a decepção,

---

90 Flutuar: oscilar, mudar alternadamente.

para os olhos de Ricart, que o olhou surpreso de soslaio e retirou seu foco do campo de proteção, causando nele uma leve oscilação. A pele do rosto de Johanus estava ressecada e com um tom fosco. Tinha um toque de ligeira angústia que atraiu a atenção de Ricart, que prestou mais atenção nele.

— Mestre, acredita de verdade que tenhamos alguma chance? Será que não nos equivocamos na interpretação da profecia final? — perguntou irrequieto enquanto levantava seu braço coberto pela manga de uma túnica negra e esfarrapada para apoiar sua mão trêmula no ombro esquerdo de Ricart, que o olhou de lado, sem vacilação ou titubeio, mas interessado.

Ricart suspirou levemente enquanto se virava para ficar de frente para Johanus; segurou-o pelos ombros tranquilamente, e demostrando compreensão lhe disse:

— Posso sentir sua tristeza e posso compreender seu desespero, mas é em momentos como estes que uma pessoa deve permanecer equânime[91], equilibrado e sábio. Quanto maior o inferno, maior a bondade, maior a paz interior e maior a fé em si mesmo. Encontre em seu interior essa força que nunca falha e perceba que essa é a sua própria essência e que esse é você. Renove a fé em si mesmo e contagie aos demais de nós com a energia e a força de que necessitamos para sairmos vitoriosos deste desafio que a vida nos apresenta. Confiemos em nós mesmos e logremos o impossível, porque a vida está ao nosso lado. Faça de sua sensatez a arma perfeita e de sua bondade o escudo impenetrável. Use seu poder com a intenção de criar liberdade, não os odeie por serem perversos, só lhes dê a luz do que é certo e a liberdade nos abrirá o caminho para uma nova existência sem grilhões nem correntes.

---

91 Equânime: capaz de perceber e pensar com tranquilidade e justiça.

Johanus olhou fixamente para Ricart que permanecia sereno e pleno enquanto os olhos de Johanus se iluminavam, a tensão de sua mandíbula e de seus músculos faciais amenizava, e um leve sorriso surgia em seu rosto. O desalento desapareceu e evaporou no chão, e ele sentiu uma energia renovadora que cobriu todo seu espaço. A inspiração o preencheu e seu potencial de vida regressou com firmeza.

— Grato, mestre! Assim será. Lutaremos até o final e o final será bom.

Nesse momento houve uma flutuação grave no campo de força que os outros membros do Conselho mantinham. Johanus levantou as mãos enquanto se distanciava da colina onde se encontrava Ricart e com um grito de coragem lançou para o céu um raio de energia que recuperara a força total do campo de proteção.

— Vamos, latímios, lutemos por nossa liberdade! — exclamou com força e liderança enquanto corria para se afastar ainda mais.

Ricart o viu se distanciar e dirigiu o olhar para longe para verificar se algum dos protetores surgia no horizonte, apesar de querer manter a calma e a inspiração entre sua gente, ele não deixava de sentir angústia em seu íntimo.

Capítulo 33

A ÚLTIMA LUA

Terceira parte

Só se escutavam murmúrios na região de onde vinha o horrendo som dos duendes canibais com seus grasnidos e risadas perversas.

A tensão entrava em seu apogeu, mas ao longe se escutou o rugido de um dragão azul. Houve uns segundos de silêncio e expectativa entre os milhares de guerreiros de Sulfúria. Os guerreiros latímios concentraram mais a atenção nesse rugido, enquanto sentiam correr por suas veias um fluxo de esperança.

Ricart empunhou fortemente com sua mão direita a esfera de cristal azul marinho incrustada[92] nos dragões dourados que coroavam seu báculo de mogno branco. Fincou-o com força no pedregoso chão da colina onde se encontrava e adiantando-se um pouco, fixou a visão no céu nublado, que, embora escassa a luz, ainda estava luminoso.

---

92 Incrustar: encaixar uma coisa em outra, como uma pedra preciosa em um metal.

Deixou de jogar sua força no campo protetor, causando uma breve instabilidade na força protetora. Apertou com mais força ainda a esfera azul marinho de seu báculo, experimentando um turbilhão de emoções desencontradas de desejo, fé renovada e medo.

Dentre as nuvens, surgiu Leton com Gilar, seu dragão azul, em uma investida veloz para cruzar o campo inimigo, alcançar o campo protetor e cruzá-lo. Eles apareceram pelo lado norte, ao lado do Ayilha, passando rente ao batalhão dos ogros de Gálur e dos necrudos.

Os ogros começaram a grunhir ao notarem a passagem de Leton e Gilar, os necrudos, mergulhados no desespero e na ansiedade, lançaram uma chuva de flechas envenenadas tentando matar o Protetor. Ao ver a cena, Gálur arrancou com sua pata superior direita uma lança que um de seus soldados segurava com sua pata esquerda e aguçou a visão, calculando a distância. Lançou-a com força e vontade na direção precisa para aniquilar Leton.

Ricart observava como eles se aproximavam a toda velocidade e compreendeu o rugido penetrante e direto de Gilar, que, montado por Leton, pedia que o caminho no campo de proteção se abrisse para se pôr a salvo. Ricart tentou ver mais atrás para descobrir se vinha alguém mais com eles, mas não pôde ver nada. Não perdeu tempo e levantou seu báculo, enviando um raio de energia para abrir só um pequeno vão no campo de proteção, apenas para permitir que Leton e Gilar passassem.

Alguns instantes antes que pudessem cruzar o campo protetor, uma lança de três metros de extensão e vinte centímetros de diâmetro golpeou inesperadamente Leton e Gilar. A isso se seguiu uma salva de grunhidos dos milhares de ogros e necrudos, acompanhada de gritos de satisfação do resto de Sulfúria.

Também se escutavam os gritos dos entusiasmados latímios que se encheram de esperança ao verem chegar um de seus Protetores, mas que se converteram em gritos e vozes

O Sétimo Protetor ❧ 215

de desilusão, confusão e perda, ao ver como os corpos de Leton e Gilar caíam imóveis.

A inércia dos corpos de Leton e Gilar se aproximando do chão num mergulho faria com que eles se chocassem contra a parte inferior do campo protetor. Ricart observou isso sem hesitação e abaixando seu báculo um pouco, alterou a posição da fresta para que conseguissem cair dentro de seus domínios.

Os corpos conseguiram entrar pelo vão do campo protetor criado por Ricart, e tocaram a terra de forma estrondosa, levantando muito pó e partículas. Os guerreiros que se encontravam perto do local da queda tiveram que abrir uma clareira às pressas, movendo-se com rapidez para evitar serem atingidos pelos corpos de Leton e Gilar.

Um instante depois, o pó começou a assentar e pôde se enxergar, para os curiosos, um vulto sem forma. O silêncio se fez presente, Ricart se moveu com rapidez para o lugar, da mesma forma que a maioria dos presentes, que lhe bloqueavam o caminho, mas ele abriu uma brecha obstinadamente até chegar aos corpos.

Começou a se ver movimento no vulto terroso, e a observar a figura musculosa e firme de Leton que vestia seu peitoral de dragão vermelho e levava sua espada embainhada nas costas. Enquanto sacudia o pó e recuperava a consciência plenamente, o grupo de guerreiros latímios começou a bradar vivas, mas Leton levantou os braços com as mãos estendidas pedindo silêncio.

— Silêncio, latímios — gritou Ricart com autoridade, apoiando o pedido de Leton enquanto olhava o quadro.

Leton voltou a olhar para Gilar esperando o pior; começou a observar a lança desde o punho, percorrendo-a com os olhos até onde atingira o corpo de Gilar, mas não havia vestígio de sangue de dragão. Todos permaneceram em silêncio absoluto e depois viu-se com satisfação que a lança estava fincada em uma das bolsas de pele que se encontrava na lateral do dragão. Um leve sorriso se desenhou nos lábios de Leton, porque Gilar não tinha sido afetado pela lança; porém intrigantemente permanecia inerte.

Aproximou-se da cabeça de Gilar e lhe deu algumas palmadas. O dragão ficara apenas levemente abalado pelo golpe.

— Passem-me um balde d'água, rápido! — gritou Leton com força.

Ricart acenou para um guerreiro para que alguém atendesse o pedido do Protetor, sem demora.

Rapidamente lhe entregaram o balde d'água fria a Leton, que banhou o rosto de Gilar com o líquido.

Passados alguns instantes, o dragão sacudiu a cabeça e lentamente começou a se refazer, estufou seu peito, estendeu suas asas e rugiu com força. Com isso se seguiu o brado dos guerreiros latímios que recuperaram sua esperança e sua força.

Os gritos de emoção e ânimo dos latímios incomodaram um pouco os batalhões de Sulfúria. Gálur esboçou apenas uma careta de insatisfação, mas rapidamente levantou sua mão em punho e rugiu com força, seguido pelos rugidos e grunhidos do resto de Sulfúria, que se contagiaram de coragem e acompanharam Gálur, fazendo barulho com suas armas com intenção de recuperar sua força e abater a dos latímios, atemorizando-os, já que haviam recuperado parte da fé e da esperança.

Santra não fez muito caso do ocorrido, já que tinha a atenção fixada no luar que pouco a pouco desaparecia.

— Em suas posições guerreiros, o momento está chegando. Preparem-se para atacar — gritou Santra em repetidas ocasiões, enquanto sobrevoava, montada em um dragão branco, as zonas onde se encontravam os diversos batalhões de Sulfúria.

Ricart também olhou a luz moribunda da lua. Sua frustração era cada vez maior, já que Leton e Gilar chegaram sozinhos e não se via nenhum outro Protetor chegando pelos arredores. Isso parecia ir de encontro ao que ele pensava que devia acontecer, segundo o Livro dos Sábios.

Leton se aproximou de Ricart e olhando-o com frustração lhe disse:

— Não encontrei nada, mestre. Somente demônios alados, serpentes de duas cabeças e escorpiões gigantes estranhos que por certo quase me tiraram a vida, e nada mais, não havia nenhum grande guerreiro...

— Eu sei, Leton, isso já não importa, é tempo de lutar, ajude-me a inspirar os guerreiros para que lutem com honra e inspiração. Chegou a hora e lutaremos por Latímia até o fim — interrompeu Ricart e por um minuto o tomou pelo ombro com firmeza, encarando-o com o olhar vidrado de lágrimas reprimidas. Depois se dirigiu ladeira acima para a colina perto do templo-mor, para onde a maioria dos latímios sobreviventes havia seguido.

— Acendam as tochas e as fogueiras — gritou com força.

As tochas e as fogueiras estavam ao redor do que seria o campo de batalha, incendiando para iluminar a área, antes que se afundasse na escuridão total por causa dos eclipses, e não ser presa tão fácil de Sulfúria.

— Guerreiros e seres livres de Latímia, chegou a hora, a batalha final por nossa liberdade chegou! Temos Leton, temos os membros sobreviventes do Conselho, temos a cada um de vocês. Mas o mais importante é que temos nosso valor, nossa fé, nossa honra e o amor por nossa raça! Lutemos por nossa liberdadeee! — Levantou a mão com seu báculo o mais alto que pôde e lançou um raio de energia que alcançou os níveis mais altos da atmosfera e criou um sentimento de poder e esperança entre os latímios, que aclamavam suas palavras bradando com gritos inspirados, acompanhados pelo som dos golpes de milhares de espadas e escudos ao se chocarem e dos rugidos das poucas centenas de dragões azuis que restavam.

A última lua se eclipsou por completo, o campo protetor deixou de existir e a magia deixou de funcionar.

A batalha final ia começar.

Capítulo 34

A batalha final

O grito de ataque de Gálur e dos outros generais de Sulfúria que estavam em seu comando foi quase simultâneo quando Santra deu a ordem de ataque.

Ricart e os generais dos diferentes batalhões latímios aguardavam em suas posições de defesa.

Sulfúria atacava simultaneamente de norte a sul, de leste a oeste e de forma cruzada.

A magia não funcionava de jeito nenhum, cada guerreiro contava apenas com sua habilidade no manejo das armas, com sua força inerente, com seus reflexos e agilidade física.

Algumas das bruxas Cuaitmas, incluindo Santra, montavam dragões brancos ou vermelhos. O restante das bruxas e feiticeiros de Sulfúria corriam com espadas, machados e outras armas similares para a confrontação final com os latímios. Santra e suas Cuaitmas se mantinham distanciadas da primeira linha de confronto para cuidar e coordenar o ataque simultâneo.

Um esquadrão de trezentos dragões vermelhos provenientes da cordilheira de Sulmak se aproximava da primeira linha de confronto do lado leste do campo de batalha e começavam a lançar poderosas labaredas.

Elas foram respondidas com uma incessante chuva de flechas disparadas por um esquadrão de infantaria de latímios, que estava no campo de batalha, e pelo ataque de duzentos dragões azuis montados habilmente por guerreiros latímios. Era perceptível um espírito implacável de luta, particularmente nos latímios, os quais lutavam com todas as suas forças para escapar da eterna condenação de escravidão e morte.

A visibilidade no campo de batalha não era muito boa, mas as tochas e as fogueiras posicionadas estrategicamente pelos latímios, não apenas ajudavam a clareza como também proporcionavam uma fonte de fogo para as bolas incandescentes de petróleo e grama e para as flechas incendiadas que eram lançadas contra os exércitos de Sulfúria.

Pelo norte, vindo do Ayilha e sob o comando de Gálur, os dois mil ogros e os oito mil necrudos se aproximavam rápidos e implacavelmente. Parte da infantaria latímia os via chegando e começaram a usar as catapultas lançando as bolas incandescentes gigantescas, acompanhadas pela chuva de milhares de flechas acesas.

Com sucesso, centenas de flechas acertavam e deixavam neutralizados ou feridos centenas de necrudos, ratazanas glabras gigantes, e inclusive a alguns ogros. Algumas das gigantescas bolas de fogo acertaram o alvo e eliminaram dezenas de ogros que ferozmente se avizinhavam. Vinham em quantidade impressionante, e apesar dos numerosos ataques frutíferos da infantaria latímia, o ataque não causava grandes estragos na ofensiva de Sulfúria.

Os ogros e os necrudos estavam chegando quase na linha de defesa latímia, que se encontrava a uns seiscentos metros do templo-mor. Abruptamente, um dos capitães da infantaria latímia levantou o braço para avisar aos vassalos que dessem o sinal; centenas e centenas de guerreiros puxaram cordas com toda força e acionaram mecanicamente uma armadilha com inúmeras fileiras de lanças gigantes que saíram com força das trincheiras previamente preparadas.

O sinal foi no momento preciso e muitas das lanças acertaram o alvo, ferindo centenas de ogros nos braços, nas pernas ou ainda em seus avantajados peitorais.

Uma das lanças penetrou na perna esquerda de Gálur, ferindo-o bem perto de uma de suas artérias principais e causando-lhe uma dor extrema. Ele se deteve por um momento, engoliu a dor e gritou cheio de ódio.

Uma flecha também atravessou seu ombro direito, o que fez com que se enfurecesse ainda mais. Retirou a lança com um puxão sem muito sofrimento e partiu a parte da haste da flecha que estava aparente, deixando a ponta enterrada em seu ombro, já que não lhe causava muito desconforto.

Enfurecido, se aproximou com seu corpo enorme e musculoso de um dos guerreiros latímios que o esperava empunhando bravamente sua espada, e com um movimento rápido de seu braço direito Gálur o agarrou com força por um de seus braços e antes que o guerreiro tentasse golpeá-lo com a espada, ele lhe agarrou o outro, arrancando-lhe ambos os braços, causando tamanha dor que o guerreiro latímio praticamente caiu inconsciente após seu grito de agonia. Gálur continuou seu caminho, pisando e despedaçando o crânio e a cara do guerreiro com sua pesada e peluda pata direita.

Continuou implacável em seu itinerário e agarrou com a mão esquerda outro guerreiro que tratou de atacá-lo com uma lança. Levantou-o, retirando o capacete com um movimento brusco, deixando exposto o rosto apavorado do guerreiro. Gálur o olhou sem a mínima compaixão e com suas mandíbulas partiu em duas a cabeça do guerreiro e, em seguida, lançou a uns quatro metros o corpo estático para ser devorado por uma ratazana gigante que estava sem montador.

Assim prosseguiu seu percurso com o restante dos ainda milhares de ogros e necrudos sobreviventes, que por sua vez, também seguiam arrasando e aniquilando os guerreiros latímios.

Os duendes canibais pelo oeste, as bruxas Cuaitmas e os dragões brancos e vermelhos, junto com os lurks e suas minhocas gigantes pelo leste, um ataque insustentável de feiticeiros, bruxas e norkcs pelo sul e os ataques de mais dragões vermelhos vindos das alturas, estavam massacrando as valentes defesas dos latímios que guerreavam com bravura e firmeza.

As baixas dos guerreiros latímios superavam em número as de Sulfúria.

Ricart já estava na torre mais alta do templo-mor. Ainda olhava para o horizonte com esperança, mas também via com desalento como o massacre transcorria e como minuto a minuto agonizava a esperança e a vida dos humanos.

Leton e Gilar estavam lutando contra dois dragões vermelhos que os seguiam em voo; ziguezagueavam no alto para escapar do ataque, tentando encontrar o momento certo para lançar uma ofensiva mortal.

Eles já tinham matado seis dragões vermelhos, três dragões brancos e dezenas de lurks, mas isso não era o bastante.

Gilar decidiu mergulhar, os dragões vermelhos o seguiram e assim que se emparelharam, sabendo intuitivamente que ação tomar, Leton saltou sobre um dos dragões, enquanto Gilar guinava para a esquerda capturando com suas poderosas

O SÉTIMO PROTETOR 225

mandíbulas o vulnerável pescoço de outro dos dragões vermelhos, matando-o, enquanto Leton enterrava sua afiada espada na nuca do dragão sobre o qual saltara, derrubando-o imóvel no campo de batalha. Gilar viu Leton despencando em alta velocidade após matar o dragão e o alcançou antes de tocar no solo.

Posteriormente, Leton e Gilar se dirigiram para um grupo de soldados atacado por guerreiros norkcs com o triplo do contingente, ao norte do templo-mor.

Gilar sobrevoou o terreno beirando o chão. Leton saltou e antes de cair, manuseando habilmente suas duas espadas, decapitou três norkcs que estavam prontos para trucidar um latímio. E não parou por aí; com sua destreza na arte da antiga luta, inverteu o jogo, massacrando dezenas de norkcs, apoiado pelos guerreiros latímios que recuperaram o vigor e conseguiram dominar a situação.

Uma guerra sangrenta ocorria a leste do campo de batalha, causando graves perdas no exército latímio.

Ao oeste, centenas de águias gigantes com seus cavaleiros defendiam a entrada da planície do templo-mor do ataque de Nominon e milhares de duendes canibais.

Eles atacavam com machados amolados ou punhais pontiagudos e eram extremamente ágeis, velozes e vorazes. Tinham uma arcada dentária composta por várias carreiras de dentes afiados e eram muito perspicazes nas estratégias e ataques da horda. Demonstravam uma coordenação perfeita em suas ações e movimentos e era muito difícil contra atacá-los em uma luta de campo.

A defesa das águias montadas foi eficaz a princípio, mas os duendes conseguiram contornar o contexto devido ao contingente maior.

A última linha de defesa ao norte estava quase perdendo sua posição e a última defesa que restava ao templo-mor nesse setor era o rio Shulmanha e a presença dos guerreiros que protegiam o templo junto com Ricart e os parcos membros remanescentes do Conselho.

A oeste a situação era crítica: os dragões e a infantaria que protegiam esse flanco estavam na iminência de serem derrotados. A dominação dos dragões brancos e dos lurks era incomensurável e sobravam poucos dragões azuis e uns milhares de guerreiros. Muitos foram incinerados pelos ataques dos dragões brancos ou deglutidos[93] por lurks e suas minhocas gigantes.

Depois disso, as Cuaitmas e os lurks só precisariam cruzar o rio e vencer as minguadas defesas do templo-mor.

Santra desfrutava o espetáculo e regozijava assistindo a aniquilação dos latímios atacados por seu dragão branco. E só ambicionava o momento de pôr as mãos em Ricart e lhe arrancar a vida lentamente.

Ricart via tudo se acabar e como as tropas defensivas estavam sendo esmagadas e sentia que o final se aproximava, embora soubesse que o momento mais escuro da noite é na madrugada que precede a aurora.

Quando tudo parecia perdido, da parte leste da cordilheira de Sulmak, uma chuva de flechas e lanças começou a aniquilar inúmeros dragões brancos, feiticeiros, bruxas e lurks.

Parecia mentira ou um sonho, mas era realidade. Ricart recuperou sua vitalidade ao ver que um exército de ulos, comandado por um grande guerreiro, chegava para combater Sulfúria.

De repente, uma explosão chamou sua atenção e, do lado oposto, bem quando o esquadrão de águias azuis estava por

---

93 Deglutir: ingerir, passar um alimento da boca ao estômago.

sucumbir com Leton e Gilar extenuados, um exército combinado de frediks e ulos, comandado por Zirus, atacou pela retaguarda os duendes canibais com bombas explosivas, arqueiros e balestras. Leton não conteve a alegria ao ver Zirus e seus reforços. Ele precisava descansar urgentemente por ter sido ferido algumas vezes e sentir um esgotamento quase fatal. Assim retirou-se para o templo-mor.

Simultaneamente surgiram de Yubales mil soldados frediks liderados pelo rei Freddy e seus filhos que direcionaram um ataque surpresa da cavalaria, tomando de assalto os norkcs.

E saindo do meio da vegetação do Ayilha, um exército de frediks, comandados por Xozy, atacou com uma combinação de explosivos, arqueiros e lanças de três metros; os ogros, os necrudos e as ratazanas gigantes glabras foram totalmente pegos de surpresa.

Embora a esperança aparentasse ter chegado e o quadro pendesse para um relativo equilíbrio, Sulfúria se mantinha em grande vantagem quantitativa.

Leton e Gilar aterrissaram na torre mais alta do templo-mor, Leton apeou e caminhou para Ricart, que estava de costas, olhando para o leste.

— Mestre, Zirus chegou com reforços. Temos uma esperança, sem dúvida!

— Penso que talvez seja mais do que uma mera esperança — respondeu Ricart e apontou para onde Lexlie combatia.

— Veja, é um grande guerreiro e chegou com Zirus, penso que possa ser ele...

— Sério mestre? A profecia se cumpriu?

— Pois é isso que está parecendo, mas algo não faz sentido para mim, não é como pensei que seria. — Ricart se mostrou desconcertado ao dizer isso, o que perturbou Leton.

Em um dado momento, um dragão branco se aproximou da torre onde se encontravam.

— Cuidado mestre! — disse Leton saltando sobre Ricart e o cobrindo para protegê-lo de uma labareda mortal.

Leton conseguiu salvá-lo, mas caiu prostrado e queimado por completo.

Gilar atacou imediatamente, iniciando uma luta feroz contra o dragão branco.

Ricart ficou no chão sob o cadáver de Leton.

Foi então que notou que Leton dera a vida por ele e sentiu um grande pesar, mas seu sentimento foi cortado abruptamente quando escutou uma voz lânguida e espectral:

— Sua horaaaa chegou, Ricart, a vitória será minha, é hora de você me entregaarr sua vida.

Ricart identificou a voz horripilante e reconheceu de imediato a figura alta, esguia e corcunda.

Pôs de lado o cadáver carbonizado de Leton e se restabeleceu, tirando de seu lado esquerdo uma espada fina e muito afiada.

Ricart, apesar de suas centenas de anos de vida, ainda era bastante ágil com a espada, contudo, sem sua magia se tornara bastante vulnerável.

Santra riu languidamente ao ver que Ricart desembainhava sua espada.

— Você acha mesmo que com isso me deterá? Estive esperandoooo este momentoooo... por muitosss e muuuiiiitoosss anosss e aqui está você a miiinha mercêêêêê. — E riu ainda mais.

O Sétimo Protetor ⋆

Três ogros escalaram por trás a torre e pegaram Ricart de surpresa. Despojaram-no de sua espada e o convenceram de que sua hora havia chegado.

Santra puxou uma adaga feita com um raro metal chamado lotum, que no passado era usado para fazer espadas e adagas, porque além da extrema dureza e maleabilidade das lâminas forjadas, também impedia a cicatrização dos cortes e perfurações produzidos, o que garantia uma morte lenta e dolorosa para a vítima que fosse ferida no lugar certo.

Por trás de Santra surgiu Gilar, que acabara de matar o dragão branco. Sobrevoando perto dela, lançou um golpe certeiro que a levantou pelos ares e a lançou a vários metros de distância, deixando-a quase inconsciente.

Arrancou Ricart das garras dos ogros, segurando-o com as patas dianteiras, resgatando-o e levando-o para um lugar mais seguro.

A luta foi furiosa e sem dúvida os reforços deram aos humanos um momento de alento, mas não parecia o bastante, e tanto os frediks quanto os ulos estavam perdendo guerreiros demais.

Zirus era o último protetor que restava. Ricart acreditava que havia decifrado o final da profecia. Quando viu Lexlie no campo de batalha, a princípio pensou que ele fosse o Sétimo Protetor, mas depois se desiludiu, achando que ele não era o Sétimo Protetor, não apenas porque não era tão extraordinário, ainda que fosse um bom guerreiro; mas também porque não acontecera o que ele julgava que deveria ter ocorrido com o surgimento do sétimo protetor, segundo a profecia. Por isso, Ricart se sentia muito confuso.

Gilar levara Ricart para uma colina a uns trezentos metros da planície do templo-mor. E ali ficou observando como Sulfúria tomava mais e mais terreno, como os soldados ulos eram devorados pelas minhocas dos lurks, como os frediks lutavam com fé e entrega, mas eram massacrados pelo exército de Gálur e pelos duendes canibais, e como o exército latímio perdia cada vez mais e mais soldados; quer seja nas mãos dos necrudos e suas ratas gigantes sem pelos ou nas patas com dois polegares dos sanguinários norkcs.

Os dragões brancos e vermelhos, montados pelos feiticeiros e bruxas de Sulfúria, já tinham queimado e assassinado a maioria das águias gigantes e dos dragões azuis.

Ao ver a cena, Ricart aos poucos se entregava à apatia, porque não se via nem sequer uma leve probabilidade de reverter a situação e obter a vitória.

Sua mente remoía incessantemente pensamentos do passado, recordações dos melhores momentos de Latímia, o recrutamento dos Protetores ainda pequenos e o treinamento deles até alcançarem a habilidade e excelência máxima para então ver cada um deles se tornando um Protetor e se encarregando da segurança de seus respectivos territórios.

Noventa e nove Protetores perderam a vida. Para ele, cada um desses era como um verdadeiro filho e perder a cada um deles era a grandeza máxima da dor.

Ricart ficou de pé no topo da colina, com a túnica manchada pela lama, por sangue e sujeira. Seu rosto também estava manchado, mas, além disso, a apatia da derrota que se refletia na expressão de seu rosto revelava o sentimento que reinava em seu interior.

Tudo já parecia perdido, não havia mais nada a fazer.

Gilar ficou cuidando do grande mestre por um momento, depois Ricart o enviou para defender os membros do Conselho que estavam sendo perseguidos por um par de ogros.

O Sétimo Protetor ❧ 231

Na torre mais alta do templo-mor, Santra recuperava suas forças e se recompunha com uma única ideia na cabeça: encontrar Ricart e destruí-lo por completo. Levantou o braço direito e um dragão vermelho desceu sobrevoando lentamente para recolhê-la. Ela conseguiu se agarrar nele e o montou para voar pela periferia[94] do campo de batalha em busca de seu inimigo de outrora[95] para acertar as contas do passado e saciar sua fome de vingança.

Xozy combatia com habilidade e coragem ímpares. Ela tinha a habilidade de usar sua energia e coragem interior alinhados para concluir seus ataques. Por matar dezenas de duendes canibais, Nominon a espreitava e, enquanto ela se retirava para o templo-mor para se unir aos seus irmãos que lutavam junto a outros frediks contra Gálur e ao seu grupo de ogros, Nominon reuniu alguns duendes do seu exército, correram para ela a grande velocidade e a alcançaram, interceptando o caminho e a rodeando.

Xozy tinha duas espadas curtas, uma em cada mão, e, apesar de a batalha já durar várias horas, ela ainda se mantinha de pé, firme e com energia suficiente para continuar lutando para derrotar a tirania de Santra e Sulfúria.

Três duendes saltaram em direção a ela querendo feri-la mortalmente com seus dentes pontiagudos ou suas adagas afiadas. Xozy deu um rodopio com os braços semiabertos, e as suas espadas, manuseadas velozmente, cortaram sem muito esforço duas das cabeças desses duendes, e embora não tenha cortado por completo a cabeça de um deles, sua espada rompeu uma das artérias principais do pescoço dele, causando inevitavelmente sua morte.

---

94 Periferia: espaço que rodeia um lugar.
95 Outrora: em um tempo passado.

Ela parou preparada, em posição de ataque, e atenta ao movimento seguinte de seus ofensores. Agora, quatro dos duendes pularam com o propósito de acabar com a vida dela. Atenta, ela se agachou um pouco para pegar um deles em voo, fincando sua espada no peito dele, e seguindo a frieza de seu movimento, lançou o corpo de míseros cento e vinte centímetros de altura e um peso de vinte e dois quilos a uma distância de três metros.

Assim que terminou esse movimento magistral, novamente se abaixou e esquivou-se do ataque de outro dos algozes, que encontrou o aço de uma das espadas de Xozy, que o perfurou pela metade o matando em poucos segundos. Os outros dois foram alcançados por um movimento semicircular de ambas as espadas em paralelo à retomada da postura ereta de Xozy. Um dos duendes foi aniquilado quando a espada partiu sua cara quase pela metade, e o outro teve o abdômen atravessado com a espada que ela carregava na outra mão.

Dois dos duendes fugiram na direção oposta para salvar suas vidas, mas Nominon, enfurecido, sentia que tinha que vingar a morte de seus iguais.

Tinha duas adagas, uma em cada mão, igual à Xozy, que aguardava o ataque de Nominon com suas duas espadas curtas empunhadas com firmeza. Nominon se lançou e tentou cortar o corpo dela com três movimentos circulares de suas adagas, os quais foram devidamente bloqueados, assim como o contra-ataque de Xozy igualmente fora por ele.

Ele a perseguia e, com um movimento para trás, o calcanhar do pé esquerdo de Xozy resvalou numa rocha o que fez com que ela perdesse o equilíbrio e caísse. Nominon, o líder dos duendes canibais, aproveitou o infortúnio[96] e se lançou contra

---

96 Infortúnio: situação desafortunada.

Xozy no assalto final para aniquilá-la, mas seu ataque foi recebido com um movimento desafiador de ambas as espadas que penetraram o peito de Nominon acabando com a sua vida na hora.

A princesa Xozy se refez, retirou suas espadas do cadáver abominável de Nominon e se dirigiu sem demora para onde seus irmãos estavam brigando com os ogros.

Do outro lado do campo de batalha, Lexlie estava cercado por oito norkcs. Atrás dele havia uma das paredes posteriores da construção que servia como armazém de grãos e se encontrava a uns quinhentos metros do templo-mor. Justamente quando iria atacar o mais próximo dos norkcs, um deles, de um metro e cinquenta e seis centímetros de altura, saltou sobre ele e cobriu seu rosto com o peito, fazendo-o perder o controle e o equilíbrio, caindo na terra. Os outros norkcs aproveitaram a oportunidade e também se jogaram sobre seu corpo.

Um guerreiro latímio, montado em uma das poucas águias gigantes que ainda restavam, viu a cena de longe, se aproximou com rapidez, e com os ataques precisos de sua lança e das garras da águia, conseguiram matar dois norkcs além de ferir e espantar o restante.

Mas já era tarde demais e o corpo de Lexlie estava no chão, gravemente ferido e ensanguentado. Devido à confusão geral, o guerreiro latímio não pôde ficar para ajudá-lo, tendo que escapar da investida de um dragão branco que planejava lançar um ataque sobre ele.

Lexlie ficou no chão junto à parede de trás desse armazém, com hemorragias graves e inconsciente.

Ricart viu tudo isso a distância, mas seu ânimo estava tão exaurido que já não conseguia reagir.

Zirus e um punhado de ulos venceram um grupo de necrudos e suas ratazanas e se dirigiram para o templo-mor.

Apesar de a derrota ser evidente e o exército latímio e seus aliados sofrerem cada vez mais baixas, Zirus prosseguia lutando com coragem e com a esperança de sair vitorioso.

Essa, possivelmente, era uma das qualidades mais valiosas de Zirus, pois sua persistência e coragem, ainda que nos momentos mais difíceis, podiam ser a chave para uma eventual mudança providencial de direção na luta que parecia uma derrota garantida.

Gálur e dez ogros tentavam se apossar do templo-mor. Cerca de trinta frediks, incluindo Xozy, o rei fredik e seus filhos, defendiam a entrada do templo em uma luta feroz.

O tamanho dos ogros, sua força e crueldade tornavam muito difícil combatê-los, e mais difícil ainda defender-se deles. Os dois irmãos de Xozy e outros três guerreiros valentes atacaram um ogro com sucesso o matando em um ataque conjunto com lanças e flechas, mas ao mesmo tempo, outros dois ogros assassinavam uns oito frediks perto do mesmo lugar.

Gálur investiu contra cinco guerreiros, entre eles o rei fredik. Os cinco foram arremessados a vários metros, dentre os quais dois morreram. O rei fredik ficou inconsciente e os outros dois sofreram graves fraturas que os deixaram fora de combate.

Ao ver isso, a princesa Xozy se apressou em verificar como estava seu pai e se encheu de ódio e coragem. Empunhou com força suas espadas, investiu contra Gálur e dando um enorme salto, alcançou a altura do peito do líder dos ogros. Gálur conseguiu esquivar seu corpo evitando que as espadas de Xozy atravessassem seu coração e ela o atingiu em seu ombro esquerdo.

Gálur grunhiu de dor e ódio e reagindo a agressão, mandou Xozy pelos ares a metros de distância, com um movimento de seu braço esquerdo.

Ao cair sofreu leves golpes e contusões que não lhe causaram nem sequer o mais leve incômodo, pois de pronto se refez e com sua natural coragem e audácia, novamente avançou sem temor contra o líder dos ogros, mas agora com uma maior consideração. Tendo aprendido a lição com o ocorrido, fez uma simulação que provocou um movimento equivocado de Gálur, que deixou a parte lateral direita de seu pescoço desprotegida, onde Xozy, em um salto parecido com o anterior, porém mais certeiro, conseguiu fincar sua espada afilada, findando a vida do longevo[97] imperador dos ogros.

Zirus, nessa hora, estava chegando à entrada do templo-mor e assistiu a ação virtuosa de Xozy. Experimentou uma sensação de alívio ao vê-la viva e sentiu uma grande admiração ao observá-la lutar dessa forma.

Ele chegou com o restante dos ulos, que junto com alguns guerreiros frediks combateram os ogros remanescentes que pretendiam invadir o templo-mor.

Zirus, após matar um dos ogros com a ajuda dos guerreiros ulos e ver como Xozy, a uns cinquenta metros de distância, fazia sua parte aniquilando o último ogro que sobrara por ali, ficou pasmo de fascinação, não apenas por seus sentimentos por ela, como também por notar sua capacidade extraordinária como guerreira e seu valor incomparável no campo de batalha. Ele nunca vira algo assim em toda sua existência.

Justo quando ela estava retomando o fôlego, chegou um ataque de três dragões brancos montados por bruxas do clã das Cuaitmas, que apareceram bem do lado em que Xozy estava.

---

97 Longevo: que viveu muitos anos.

Labaredas concomitantes foram disparadas pelos três dragões e atingiram o corpo de Xozy e de outros três guerreiros ulos que se encontravam próximos.

Zirus viu a cena pavorosa e saltou atrás de uma rocha, salvando sua vida. Seu pensamento se ateve na imagem do corpo de Xozy sendo alcançado pelas labaredas combinadas. Assim que pôde, correu para onde estava Xozy, fumegante e sem movimento.

Os dragões e as bruxas continuaram seu voo, para continuarem a dizimação dos latímios, frediks e ulos.

O cenário geral do campo de batalha era bastante favorável a Sulfúria. Tudo já tinha praticamente terminado, os exércitos de Santra estavam por consumar sua vitória.

Restavam poucos latímios, frediks e ulos ainda se defendendo em algumas áreas, mas a derrota inevitavelmente não tardaria.

Os exércitos de ogros, lurks, necrudos, duendes, Cuaitmas e norkcs já tinham controlado a maioria das zonas, tinham milhares de prisioneiros e estavam tomando posse do território.

A escuridão total do eclipse estava por terminar, mas as luas permaneciam completamente ocultas na noite fria e úmida.

Ricart fora capturado por necrudos que estavam levando-o para apresentá-lo a Santra, que se encontrava em uma planície distante uns cem metros do templo-mor.

Ricart fora derrotado, mas a chama da esperança não se apagava por completo. Ao longe viu Zirus se aproximar e tomar em seus braços Xozy, que estava no chão. Isso animou Ricart, que, incrédulo, começou a reparar na imagem com mais atenção.

O Sétimo Protetor · 237

Zirus começou a sentir ódio por Sulfúria; era um ódio verdadeiro, algo que ele estava sentindo pela primeira vez em sua vida. Via o corpo de Xozy imóvel no chão e o abraçava com força sem poder conter o choro.

Foi quando se recordou que deixara com Xozy a pena negra da Ruthia para protegê-la e deixou de chorar. Abrindo um pouco sua roupa na altura do peito notou que embora a pena estivesse permanentemente danificada, ainda assim tinha conseguido absorver parcialmente o poder do ataque daqueles dragões, e mesmo com a fuligem[98] estando em parte do rosto de Xozy e sua roupa queimada pelo fogo, seu coração ainda batia e esse terrível ataque não havia matado a princesa.

Zirus, ao perceber isso, a abraçou com mais força ainda e ela começou a reagir, a tossir e a abrir os olhos vagarosamente. Ao ver isso sentiu que a força da vida corria novamente por seu corpo e era tanta a felicidade que não pôde se conter. Disse que a amava e beijou seus lábios. Uma energia começou a correr por seus corpos, uma energia nunca antes provada. Seus corpos começaram a irradiar uma luz tão resplandecente que cegava e deslumbrava a todos ao seu redor.

Simultaneamente, os primeiros raios de luar do maior dos satélites começavam a brilhar, pois o eclipse total terminara.

Ricart assistia a tudo atônito e compreendeu por completo a profecia final. Agora tudo fazia sentido.

Santra, de adaga na mão, aproximava-se de Ricart que estava rodeado pelos necrudos que o capturaram, quando ao ver a luz intensa surgir de repente, voltou-se para olhar o que acontecia.

Ricart sorriu e em sua mente completava a profecia final:

---

98 Fuligem: pó escuro que a fumaça deposita na superfície dos corpos que atinge.

No dia final, quando o calor tenha acabado, a última lua desaparecido, o vento se transformado em alarido, a esperança derrotada, a regra violada, a vida amarrada.

O poder e a razão do Sétimo Protetor amalgamam no vento em um destino conjunto e eterno com... O único sobrevivente dos seis, aquele de coração puro e propósito único, em um brilho de amor verdadeiro, de amizade plena e de coração puro, sem enigmas, nem blasfêmias apenas uma vida eterna sem amarras nem enganos...

Sem erros não perdoados.

E que o poder diga tudo, porque neste universo não há poder maior que o amor, que supera tudo, inclusive a distância, e, que sejam um só e compartilhem seu poder e não sejam ninguém, apenas que se tornem um só e que nem o tempo nem o espaço afastem a verdade.

E, assim, uma verdadeira e eterna liberdade, liberdade para todos, para os homens e os ogros, para os magos e os demônios, mas só aquele que compreenda que nesta era se encerra a tempestade e a miséria na alma e na vida.

E que nem o ódio nem a dor reinem mais nesta terra porque não haverá mais nada além de paz. E não haverá mais razão além do amor e da amizade sem regras insensatas que bloqueiam os corações dos seres livres de mente e sábios de espírito.

E que assim seja, aqui se acabará uma era dando lugar a uma nova com maior compreensão do que é o verdadeiro amor e onde reine a liberdade plena por uma eternidade.

Sem dúvida tudo faz sentido agora; ela é diferente dos demais. Não é como eles e nem eles como ela, e certamente ela ganhou seu lugar por direito próprio.

Nunca imaginei que o Sétimo Protetor seria uma mulher, e esta união deles é a última escultura difusa que está no templo--mor, incrível!, pensou Ricart enquanto o brilho que Xozy e Zirus geraram deixava todos os que estavam no campo de batalha praticamente imóveis e mudos.

Ricart notou que a lua maior já não estava às escuras e que o eclipse começava a minguar[99], logo a magia voltaria a funcionar, e aproveitou a distração de todos para lançar de suas mãos dois raios de energia que praticamente pulverizaram os necrudos que o mantinham prisioneiro, e quando Santra reagiu, um raio de energia viva proveniente das palmas de Ricart a golpeou de frente, carbonizando seu corpo e acabando assim com um reinado de tirania, morte e sofrimento.

Os poderes de Zirus e Xozy se fundiram, e como a profecia predizia, tornaram-se um, cada um em seu próprio espaço. Ela adquiriu a habilidade dele para lutar e a impenetrabilidade de sua mente, também sua persistência e seu propósito implacável, e ele obteve dela sua magia, sua coragem, sua força de vontade e sua sagacidade mental.

---

99 Minguar: diminuir em brilho, poder ou força.

Toda a energia de vida que liberaram levou claridade e prudência para alguns ogros, feiticeiros, bruxas, lurks, necrudos e norkcs, que depuseram as armas.

Houve uma porcentagem menor que tentou contra-atacar, mas foram vapulados[100] em questão de minutos por Zirus e Xozy, já que com suas novas habilidades amalgamadas, e trabalhando com uma coordenação tácita[101] e absoluta, eram totalmente implacáveis e reintroduziram a ordem rapidamente.

Em menos de uma hora a ordem começava a surgir em Latímia.

Reuniram-se diante do que restou do templo-mor, os sobreviventes humanos, ulos e frediks escutavam Ricart.

— Não restaram muitos humanos, mas com os poucos sobreviventes que somos e em harmonia com todas as raças, estabeleceremos a fundação não apenas de uma Latímia livre e sã, mas de um planeta em verdadeira paz e harmonia.

— O que faremos com os lurks, os ogros, os necrudos e outros inimigos que depuseram as armas? — perguntou Lexlie com certa dificuldade, pois mal começara a se recuperar das feridas que sofrera no combate.

— Embora seja verdade que a liberação de energia vital os desestimulou bastante, há várias coisas que terão que fazer para reparar suas ações e assim ganhar um lugar nestas novas terras livres — respondeu Ricart.

Lexlie assentiu satisfeito e Ricart continuou:

— Sem dúvida virá um tempo de reconstrução e de muito trabalho, porque muitos de nossos territórios e povoados

---

100 Vapular: derrotar completamente mediante golpes ou ataques repetidos.
101 Tácito: calado, que não se expressa formalmente, mas que se supõe ou se subentende.

ficaram devastados, mas juntos recuperaremos rápido. Para isso necessitamos de líderes que nos guiem, que nos protejam e nos ajudem; líderes em quem possamos confiar plenamente por sua honestidade, seu propósito e sua prudência. Por isso hoje sugiro como novos reis Protetores Zirus e Xozy.

A proposta foi aceita unanimemente e ainda que estivessem receosos a princípio, eles aceitaram a incumbência pelo bem de sua gente e para ajudar a criar um futuro próspero e estável para todos os povos desse continente.

O rei Freddy XIII deu o consentimento para a união eterna e recebeu o valente Zirus em sua família.

O tempo passou e os humanos, ulos, frediks e as demais raças viveram em harmonia.

O rei Zirus e a rainha Xozy governaram com justiça e honestidade, se amaram profundamente e nunca perderam a verdadeira amizade que forjou esse amor verdadeiro.

Passaram vários anos e tiveram a seu primogênito, o príncipe Emanus, que foi educado com as mesmas bases de amor, amizade, honestidade e sabedoria que todos aprenderam nos tempos de guerra.

E os anos se seguiram e as eras passaram com mais reis, com mais rainhas, com mais tiranos e opressores que tentaram destruir a liberdade, mas em cada uma destas épocas a prudência e a razão triunfaram no fim e sempre surgiu um valente guerreiro que se inspirou em Zirus e uma heroína que copiou Xozy, e conquistaram novamente a liberdade de seus povos que para sempre recordaram a lenda do Sétimo Protetor.

FIM

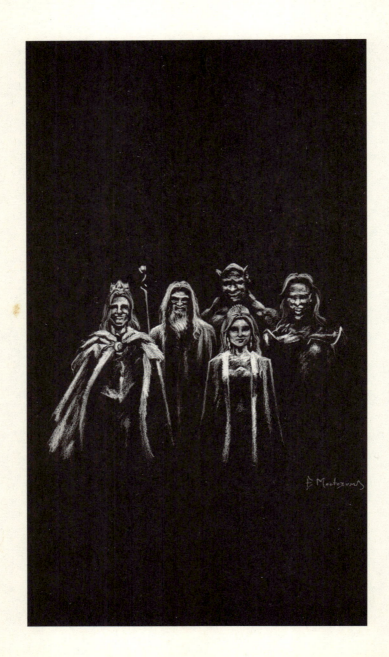

GLOSSÁRIO

A

Acaso: sem ordem, sem planejamento.

Acossar: molestar, maltratar ou importunar sem trégua.

Adrenalina: hormônio; substância que regula a atividade de outros órgãos que aumenta a pressão sanguínea, o ritmo cardíaco e a quantidade de açúcar no sangue.

Alarido: grito forte e agudo.

Alvorada: luzes do amanhecer, princípio do dia. Começo.

Amalgamar: mescla e união de coisas com naturezas distintas.

Amputar: cortar os extremos de algo.

Ancestrais: antepassados de uma pessoa ou de um grupo de pessoas.

Atônito: muito surpreso.

Avistar: ver, perceber confusamente ou à distância um objeto.

Ayilha: o monte mais alto da cordilheira próxima ao rio Shulmanha.

Azeviche: refere-se a cor negra de um carvão mineral fossilizado.

B

Balestra: máquina antiga de guerra utilizada para arremessar pedras ou flechas.

Bando: grupo mais ou menos numeroso de pássaros ou seres alados que sobrevoam os céus de forma organizada, formando figuras singulares e altamente chamativas; multidão, grande quantidade.

Bandolim: instrumento de quatro pares de cordas, de corpo curvado, que se toca com palheta (pequena lâmina triangular).

Bolan: um dos protetores; era acompanhado por um tigre dentes de sabre.

Boleadeiras: instrumento utilizado para caçar ou deter animais composto por duas ou três bolas pesadas, forradas de couro e ligadas entre si por correias.

Boris: gato tigrado; um dos gatos de Xozy.

C

Cajado: bastão longo com a extremidade superior curva usada normalmente por magos, feiticeiros e sacerdotes, às vezes adornado com pedras preciosas ou figuras sagradas.

Canhão de Ouro: lugar onde Zirus enfrentou uma bruxa.

O Sétimo Protetor

Caracunia: zona de areias movediças para onde Llermon foi enviado para procurar o sétimo protetor.

Carbonizado: queimado até virar carvão.

Careta: movimento do rosto para expressar alguma emoção ou para provocar.

Catapulta: antiga máquina militar para arremessar pedras.

Catatônico: estado de perturbação do comportamento motor e mental de uma pessoa.

Chanes: um feiticeiro que era a segunda autoridade do Conselho, mas que cometeu crimes contra a humanidade.

Ciclope: personagem que possui apenas um olho.

Cidu: região vulcânica para onde Ricart enviou Grony a procura do Sétimo Protetor.

Cipó: videira ou planta trepadora de caules longos, finos e flexíveis.

Cirón: unicórnio que acompanha Zirus e que é seu melhor amigo.

Coincidir: uma coisa se ajustar com outra.

Consternar: preocupar, entristecer.

Crespo: se diz do cabelo encaracolado de forma natural.

Crustáceo: animal marinho coberto geralmente por uma carapaça dura o flexível, como os caranguejos e as lagostas.

Cuaitmas: clã líder de bruxas que comandava o resto dos clãs e grupos de Sulfúria.

D

Decrépito: de aspecto físico, capacidade de movimento e saúde muito deteriorados pela idade avançada.

Deglutir: ingerir, passar um alimento da boca ao estômago.

Demente: relativo a demência (loucura) ou característico dela.

Deplorável: lamentável, mau.

Desdém: desprezo, indiferença que beira o menosprezo.

Desferir: dirigir ou descarregar um projétil ou um golpe contra um objetivo.

Desmembrar: separar os membros; como braços ou pernas de um corpo.

Difuso: impreciso, pouco claro.

Dotar: equipar, prover a uma pessoa ou coisa de alguma característica ou qualidade que a melhore.

Duna: colina de areia que se forma nos desertos e praias através da ação do vento.

E

Eclipsar: ocorrer o eclipse de um astro. Em um eclipse ocorre a ocultação transitória, total ou parcial, de um astro por interposição de outro.

Eletromagnético: fenômeno no qual os campos elétricos e os campos magnéticos se inter-relacionam.

Embate: ataque violento e impetuoso.

Empalar: enfiar em um pau.

Encouraçado: que tem uma armadura protetora.

Entranhas: cada um dos órgãos que ficam no interior dos corpos dos humanos e demais animais.

Equânime: capaz de demonstrar e pensar com tranquilidade e justiça.

Escabroso: se aplica ao terreno que é desigual e acidentado.

Espasmo: contração involuntária dos músculos.

Espectral: fantasmagórico e horripilante.

Estrondosamemte: que causa muito barulho.

Euforia: sensação de intensa alegria e bem estar.

Expectante: que espera com curiosa ansiedade um acontecimento.

Extrair: tirar; arrancar; recolher.

F

Flutuar: oscilar, mudar alternadamente.

Fornido: robusto; forte.

Fortuito: que acontece por casualidade; não programado.

Freddy: rei dos frediks e pai de Xozy.

Fredik: raça de seres mágicos a que pertencia Xozy; habitavam ao pé de uma montanha, mas foram recentemente atacados e quase completamente exterminados por Sulfúria. Era uma combinação de raças, incluindo a raça humana, eram seres de magia branca, pacíficos, que se dedicavam à arte fazendo esculturas e pinturas, cantando e atuando.

Frelur: tigre dentes de sabre e fiel amigo de Bolan, um dos protetores.

Frustração: fracasso em um propósito ou desejo.

Fuligem: pó escuro que a fumaça deposita na superfície dos corpos que atinge.

G

Gaita: instrumento musical de sopro com vários tubos unidos a uma bolsa de ar.

Gálur: imperador dos ogros.

Gilar: dragão azul que acompanha leton, um dos protetores.

Glabro: que tem pouco cabelo ou pelo.

Grasnido: canto ou grito desarmônico e incômodo ao ouvido.

Grilhões: arco metálico que subjuga os pés de uma pessoa e simboliza a escravidão.

O SÉTIMO PROTETOR

Grony: um dos protetores; acompanhado de um pégaso branco.

I

Imperecível: que não perece; que se considera imortal e eterno.

Inerte: falta de vida e de mobilidade.

Incrustar: encaixar uma coisa em outra, como uma pedra preciosa em um metal.

Infortúnio: situação desafortunada.

Inóspito: incômodo, pouco acolhedor, que não oferece segurança ou abrigo.

Iminente: o que acontecerá em breve, especialmente um risco.

Imutável: de ânimo inalterável; que não pode ser mudado ou alterado.

Impassível: que não manifesta fisicamente estado de comoção emocional, especialmente através de gestos ou da voz.

Insolação: transtorno ou mal-estar produzidos por uma exposição prolongada aos raios solares.

Intuído: que se percebe clara e instantaneamente, sem necessidade de raciocínio lógico.

Investida: abordagem; ataque violento.

J

Johanus: o membro mais jovem do Conselho.

K

Kolob: região onde ainda se respirava liberdade.

L

Langar: deserto com dunas tragadoras.

Lânguido: decaído, sem energia.

Latímia: série de povos que se habitavam ao sul do continente e que sofria os ataques de Sulfúria.

Leton: um dos protetores; acompanhado por um dragão azul.

Levitar: elevar no espaço pessoas, animais ou coisas sem intervenção de agentes físicos conhecidos.

Lexlie: líder e general dos ulos. Era alto, magro, de rosto grande e frente proeminente, de cabelo escuro e olhos azuis.

Llermon: um dos protetores; acompanhado por Ytus, uma águia gigante.

Longevo: que viveu muitos anos.

Lúgubre: que provoca pavor.

Lurks: raça de humanoides cujas feições eram parecidas com as de um inseto; montavam uma espécie de minhoca de dez metros de comprimento e quatro metros de diâmetro.

M

Minguar: diminuir em brilho, poder ou força.

Mossa (fazer): afetar ou impressionar.

Musa: mulher encantadora.

Mustangue: cavalo ou unicórnio selvagem que vive nas pradarias, normalmente se caracterizam por serem mais robustos e fortes e por terem uma pelagem maior na parte inferior das patas do joelho até os cascos.

Mutilar: cortar uma parte do corpo.

N

Narcótico: substância que produz artificialmente uma alteração física, mental e emocional; droga.

Necrófago: ser que se alimenta de cadáveres.

Necrudos: raça de bestas peludas, anãs, carnívoras e inteligentes que domaram um tipo de ratazanas glabras gigantes.

Nominon: general dos duendes canibais; era implacável em seus ataques, tinha mais de duzentos anos de idade e milhares de mortes no currículo.

Norkcs: espécie de humanos degradados e mutantes com a pele enegrecida e olhos pequenos. Tinham estatura mediana de um metro com sessenta centímetros, eram corcundas, seus braços eram mais largos que os de um humano e no lugar de mãos tinham patas com quatro dedos e dois polegares, um em cada extremidade. Seu corpo era coberto por uma pele grossa e áspera.

O

Opressão: imposição de obrigações e fardos abusivos àquelas pessoas sobre as quais se tenha mando ou governo. Privação das liberdades de uma pessoa ou de uma coletividade.

Outrora: em um tempo passado.

P

Penhasco: pedra grande e elevada.

Pérfido: astuto e enganador.

Periferia: espaço que rodeia um lugar.

Perverso: muito mau, que causa dano intencionalmente.

Petrificar: converter em pedra.

Putrefação: decomposição da matéria orgânica.

R

Rebuliço: grande atividade ou movimento constante de um lado para o outro.

Repousar: estar uma pessoa ou uma coisa em um lugar.

Ricart: o chefe do Conselho e o mago mais antigo e poderoso de Latímia.

Ruthia: ave mágica cujas plumas negras protegem contra os feitiços das bruxas ou os ataques dos dragões.

S

Sagitário: centauro; meio cavalo, meio homem armado com arco e flechas.

Santra: bruxa malévola do clã das Cuaitmas.

Serge: um dos protetores; acompanhado por um dragão prateado.

Shilar: a besta mais temida da antiguidade. Era uma gigantesca cobra elétrica esverdeada. Tinha chifres, media cerca de doze metros de comprimento e tinha quase dois metros de diâmetro. Uma gota de seu veneno letal podia matar cem homens.

Sulfúria: seita maligna proveniente do norte do continente cujo nome significa "morte em vida".

Sussurro: ruído suave que se produz ao falar em voz baixa.

T

Tácito: calado, que não se expressa formalmente, mas que se supõe ou se subentende.

Tédio: enfado de algo por ser cansativo ou demasiadamente repetitivo.

Telit: região habitada por humanos alegres e trabalhadores que pertenciam aos povos de Latímia.

Tênue: débil, delicado, suave, com pouca intensidade ou força.

Torontas: tipo de avelãs com um sabor parecido ao do chocolate, mas mais gostosas.

Trincheira: defesa escavada na terra para proteção.

Tutela: guarda; amparo.

U

Ulos: raça de guerreiros que se unem a Zirus contra Sulfúria.

V

Vapular: derrotar completamente mediante golpes ou ataques repetidos.

Ventania: vento constante e às vezes forte.

X

Xozy: mulher da raça fredik, excelente guerreira por quem Zirus se apaixonara.

Y

Ytus: águia gigante que acompanha Llermon, um dos protetores.

Z

Zirus: um dos protetores; acompanhado por Cirón, um unicórnio mustangue.

Zoroks: raça de bestas aladas de cor cinzenta com feições humanas e bico de ave, que comiam qualquer coisa que se movesse.

Impresso em São Paulo, SP, em março de 2017,
com miolo em off-white 80 g/m² nas oficinas da Mundial Gráfica.
Composto em Adobe Garamond Pro, corpo 10.7 pt.

Não encontrando esta obra nas livrarias,
solicite-a diretamente à editora.

Escrituras Editora e Distribuidora de Livros Ltda.
Rua Maestro Callia, 123 – Vila Mariana – 04012-100 – São Paulo, SP
Tel.: 5904-4499 / Fax: (11) 5904-4495
escrituras@escrituras.com.br
vendas@escrituras.com.br
www.escrituras.com.br